五月
与阿德

须一瓜 著

新星出版社 NEW STAR PRESS

新经典文化股份有限公司
www.readinglife.com
出 品

五月与阿德

一

　　五月两手抓紧床头铸铁床架，阿德抓住她的小腿，往床尾缓缓用力拉扯。这是对抗弯曲。他们曾经每天、每夜进行。有一天的有一次，五月忽然感到自己是一件乐器，阿德的手，在揉按拨弹。他总是眉头微皱，流露出令五月畏惧而崇敬的温柔。他在拯救一件乐器，而不是五月。那个时候，那十七岁的乐器，怕痒，几乎一触即鸣，又像便宜的水果，吹弹即水；那个时候，乐师的手背，已经有几块老年斑了，浅如五月左眼皮上的咖啡斑。十多年后，五月才明白他们是在赛跑，那个挺拔如鹰、整洁苛刻、天鹅般的老阿德，已经变成墙角的一坨被弃的旧拖把，委琐、昏聩、肮脏。他输了。而五月，也没有跑赢时间。她的脊柱，就像钟的指针，每时每刻，都在侧弯而去。她早就知道，总有一天，她会变成一只扁壳蜗牛。

五月出生的时候，几乎激怒了岭北菇窝村的所有人。也不是说孩子有多聪明漂亮，就是不该。她的母亲干枯焦黑，正确地生下了两个像田鼠一样的儿子；她的父亲又懒又脏，常年鼻涕不止，活了四十多年，从来就没有过人的正形。五月出生时，眼如星光，一头柔软鬈发，美好地掩映着净如满月的脸。全村的女人都来看望她。有人对她轻如春风地一吹，五月就微笑。再吹，再咧嘴。无论哪一阵迎面轻风，她都微笑。真是五月的花朵啊，村民们怔住了。她就像一张打错的牌。果然，打她十三四岁的时候起，老天开始纠正错误了。

阿德一开始就不允许五月把鼻涕滞留在鼻腔里。如果被他听出，她又吸吞下鼻涕，他会勃然作色。那时候，十七岁的五月，下意识地会忽略擤鼻涕这件事。也许是基因，也许就是迟钝。但是阿德，非常敏感。她一说话，他就能听出她的鼻腔是否正常。

擤掉。

五月就乖乖离开餐桌，往卫生间走。五月对自己擤出那么多的鼻涕有小小羞愧。她又一次叮嘱自己要小心。五月憎恶而膜拜阿德的洁癖，在她看来，这就是城里人的高贵样式。五月对亲生父亲几乎没有印象，人们一说到他，她想到的不是他站立不稳的邋遢样子，而是鼻涕。那个四十多岁就醉死水渠边的男人的鼻子下面，永远挂着两条鼻涕，村里置办红白酒席，谁也不愿和他同桌。醉死水渠前半年的一个小雨天，他勤劳而丑陋的妻子，在独自采摘的红菇再次被他偷偷换酒喝时，喝了敌敌畏。五月记得，那一天，天上地下，连河边的芦苇花茸毛上，都是敌敌畏的甜腥味道。村里人聚焦到五月父亲鼻涕汩汩长流的恶心样子，对他妻子的绝望选择，一致做出了理解与肯定。但那一次，五月的妈妈并没有死成。花了很多钱，被抢救过来后，又负债累累地活了四年多。先送走了醉死在沟渠里的醉鬼丈夫，然后，在几年后的一个盛夏，因为半夜采红菇，摔死在深山。在送葬的队伍里，村里的人对披麻戴孝的三个孩子指指戳戳：看啊，都拖着鼻涕，和那个酒鬼一模一样。那个肮脏的父亲，就这样通过三个小后代，在人们的记忆里长存。

阿德就不一样。坐、站、起、行永远梗着天鹅脖子的阿德，有着与他年龄不相称的傲岸和挺拔，有着与他年龄、地位不相称的过分整洁，看上去就像一棵笔直的水杉，始终保持着生长直上之气势，这也让他看上去对世界总是心里有数。十七岁的五月和五旬的阿德相遇时，五月在愣怔中感受到了城里的镇定与傲慢，还看到了城市的无畏与光华。五月还滋长出依靠和心安感。

离家乡很远啊，为什么来这儿？

嗯，想来看看小香港嘛。五月撒了谎。

知道骊州的骊，是什么意思吗？

五月摇头：它很难写。

骊是指一种黑色的龙。住在这里的人，就像住在黑龙的背上。

五月一下就喜欢上这个说法。龙背，原来骊州是这样的地方啊。阿德说，有一个成语叫"探骊得珠"——你去翻字典加强印象——它说的是，到黑龙的胡须里找宝珠，冒大险得大利。还有一种意思是指，文章写得好，抓得住要害。前面的解释更有意思。

是呢，住在龙背上更好玩。

不是好玩。人生一世，每个人都在找宝。不是我们骊州下面是一条黑龙。是有人的地方下面，都有一条黑龙。

五月直愣愣地看着阿德，她连附和阿德意思的句子都理不出来，光是热烈地想，这就是爸爸的样子吧，干净,威严,什么都懂。五月眼里的崇敬,如阳光甘露,让阿德满足。阿德懂的东西肯定没有五月以为的那么多,但是,没有人能在释疑解惑的工作中,比阿德在五月面前表现得更出色了。

二

　　岭北菇窝村的五月,是突然间干净起来的。十二三岁的女孩,露出了光洁的额头。她能用水,把头发梳得整整齐齐。没有什么发型,只是露出了洗干净的脸,当然也没有什么新衣服,但是,那正在发育的身体,逐步显露出超越衣服的清美。等她的堂婶在自家后山旧砖窑场,发现来收购红菇的山货客与十三四岁的五月纠缠一团,事情就闹大了。

　　几乎全村的女人,都对五月啐口水;全村的男人,似乎都在愣怔。男人们没有啐五月,一开始,他们好像集体拿不定主意,但是很快地,他们确定五月已经长成女人。尽管在事发前,他们还是犹疑的,在女人与孩子之间犹疑着感觉与判断。现在,他们明晰了,随之忿怒了。五月是村里的最好东西,山货客侵犯了全村的利益,尤其是全村男人的利益。当时,山货客一口咬定说没有"那个"五月。五月也咬死说他们没有"那个"。据说,那一年,那个狼狈的山货客被迫用高价收购了五月堂叔堂婶家的红菇,也高价收购了五月家田鼠兄弟的红菇(可惜他们的货很少)。山货客还用较高的价钱,收购了菇窝村所有人的红菇,并承诺下一季再来。但是,他再也没有来。

只有十三四岁的五月,相信山货客会再回来。山货客临行拍着她的头说过:等我。等我生意大发了,一定会来娶你。山货客走远的时候,回头吹了一声口哨。那个口哨声,使他不像四十多岁的老男人。五月在那快活轻俏、稍纵即逝的口哨声中嘤嘤哭了。她难过,但也感到了期待的幸福。她知道她和村里人不一样了。

五月在女人们的憎恨鄙夷中,在男人们的轻薄放肆中,出落得越来越引人注目。田鼠哥哥们恶狠狠地守护着她。只有她自己知道,她的腰好像有点直不起来了。她听到自己两只脚落地的声音,好像轻重不一。夜深人静的时候,她穿着母亲那双咖啡色硬底塑料破凉鞋,在猪圈边临时垫水洼的洋铁皮板上来来回回,反复聆听,是的,确实是落脚声音不一样了。她不知道,是她一出生就这样,还是每个人都这样两脚落地声音不同。还有乳房。它们也越来越不整齐长了。开始,她觉得两手捂盖在乳房上,好像一边紧一边松。左边的长得快一点儿,右边些许地不肥,长得慢一点儿。不过,并不明显。山货客在玩赏年轻生涩的小乳房时,乐观置评:呵呵,这是两种规格的小红菇啊。十六岁的时候,五月发现,的确,左边的红菇,一点儿也没有停下来等右边红菇的意思。规格越拉越大了。而她一边的肩胛骨渐渐厚了起来。

五月知道了自己身体的长法不太周正。她很害怕,内心慌张。她无人可问,也不敢问。她越来越害怕村里的妇女盯着她上下打量的眼光。那年夏天,一个野蜂飞舞的下午,她决定去骊城找山货客。她盘算在自己完全长坏之前,看到她的爱人。她要和他结婚。没有发财没有关系。山货客看到她,就会先离个婚,然后他们就结个婚,生个孩子。最差,她可以在城市里,坐个月子,让她的身体变好。

谁也不知道她什么时候出的门,两个田鼠哥哥,好多天后才看到她夹在蚊帐钩上的纸片。

跟着感觉走,我去打一下工。

两个哥哥一起咒骂她。他们让她死在外面,永远不要回来。

但是,兄弟俩说话是不算数的。尽管他们一致唾骂五月,可是后来,他们一度既鄙夷又倾慕五月的远方生活。回乡招摇的五月,一再扬言:如果我是孤儿,早就是城里人了。都怪你们!

田鼠兄弟很愤恨她的说法。这当然是没有道理的。城里的孤儿院,是你想进就进的?何况你都是大人了。不过,田鼠兄弟心里还是崇敬远方的生活。尽管它是模糊的,但模糊也使它更令人尊敬。

五月有时候却很嚣张,说,是孤儿,我就可以上城里户口!

田鼠兄弟还是没有被她的自夸自大吓到,说,去啊去啊,那你就当没有我们啊!

三

骊州的中山路,在二三十年代,传说就是中国东南的华尔街。在那时的黑白照片里,金融机构鳞次栉比。通商银行、中央银行、美丰银行、中兴银行、国华银行、交通银行,荣茂银庄、万丰银庄、同和银庄、泰兴银庄,还有丰南、集成、良友等各类信托机构,比肩于宽敞石板路的骑楼两边。而那些进出于这些银行、钱庄、银楼的人们,也基本消逝于半个多世纪里的尘烟深处,他们已探骊而去。看起来凝聚着历史尘嚣的中山路老建筑,该是人去楼空、物是人非,但人总是新旧绵延、彼此相似的,倒是"物是人非"里的"物是",被代代后人镶嵌了诸多"不是"。那些笔直的哥特式线条、门廊的陶立克罗马柱、巴洛克装饰的门楣、铸铁小阳台，分布着后人任性修缮所带入的后时光元素。它们青涩生荒，格格不入。比如，一扇狭长的哥特式窗上，置换了一个铮铮的铝合金窗，或者突兀镶一圈橘皮色阳台护栏，鲜亮补丁捶击着沧桑感。尽管如此，那二十年代中西合璧的钢筋水泥造就的老身筋骨，还是沉潜着让人怯场的气度。初进骊州中山路的五月，以为所有的城里，都有着这样令人陌生而敬畏的房子，以为所有城市的建筑，都会这样暗暗威慑新来者。五月怯怯地站在那根高大的爱奥尼克式的柱子身边，触摸着那些快一个世纪的老水泥，她的指肚传感出城里令人敬畏的过去和不测的未来。她再看自己的手，手指在城里的光线中，微微颤抖。这就是那个小香港啊。

中山街的阳光比菇窝村更亮，带着城市的香氛，那光线好像照到什么，都有反弹的尖利。五月在城里洋铁皮似的阳光下，不时眩晕。这就是真的骊州城啊。这就是山货客对村民反复描绘的小香港了。九十年代初，夸耀一座城市，最了不起的用词，大约就是"小香港"了。仰俯弥望之间，五月疟疾似的微微颤抖，她为这座城市所兴奋所迷惑。看着来来往往的过街人，五月暗生崇敬。山货客说他家就在中山路后面。五月牢牢记着山货客关于小香港、关于他家就在中山路的描述。没错,就是这里。这就是她脑海里的小香港的中心地图。

山货客会不会忽然从哪座老建筑的阴影中走出来呢?就像从菇窝村头的老樟树后面,从村边废弃的旧砖窑边,笑眯眯地走出来。但是,没有。到处都没有山货客。而阿德,倒是住在骊州中山路的后面。一条仅可通过不打伞一人的狭小巷子,就是连接阿德家与中山路的便捷通道。那条鱼肠一样的极窄小巷,就是安鱼巷。阿德说,如果中山路路边这一排排的大小洋楼你分不清,只要记住,这片楼墙上、两扇长窗户之间有石刻的"兼换"两个字的,它们对着的小巷,就是我们安鱼巷。

直到很多年以后,五月才同意人家说山货客长得像一只鳖。他微微驼背,有一颗灵活的头颈,动辄哈哈大笑,看上去有点小题大做的夸张快乐,但至少随和亲善。每句话的开头往往是"说实在的",句子中间,他总会用"说白了"或者"换句话说"来展开,看起来非常交心、贴心,循循善诱。在十三四岁的五月眼里,这个城里小老板连抽烟的姿势都非常帅气。看起来他的背是有点驼,脚步也有点内八字。可是,无论如何,山货客浑身散发着遥远的、城里的光晕。他笑起来是多么聪明欢乐啊。在骊州多年之后,五月再见山货客时,她一眼就认出了那个在少女时代让她魂牵梦绕的城里男人。当时,她被自己的感觉震撼到了。她认出了他,脑子里却一下就想到龟鳖的样子。这么多年来,那个聪明快乐的帅气大叔,就像被施了法,瞬间显出龟鳖的原形。那天回家,五月跟阿德说,我能看出,有的人是猪、牛变的,有的人是鳖变的。有的人前辈子是公鸡,有的人是鲤鱼。

满脑子迷信思想。

是真的啊。

那你是什么变的?

我看不到我自己。

那你看我。

鸭子!——鹅!你是鹅!

阿德蔑视地不再回应。五月并不在意他的反应。她不过是借机在清理自己明明灭灭的少年思绪。毕竟见到了。她也肯定没有认错。尽管六七年的时间,让山货客变得矮胖了,眼袋如小船,头变得小而尖,他依然是笑声朗朗,似乎更加意气风发。但五月心里空落落的,好像打破了一件珍藏的物件。失望幻灭和如释重负的感觉交织在一起,最后,她叹了一口气,又深深叹了一口。这个事情,可以翻过去了。她不想认他,竟然一点儿相认的冲动都没有了,她也不明白为什么,山货客当年在菇窝村自带的通身光晕竟无迹可寻,真是想不明白啊。

那个时候,二十多岁的五月,已经和阿德交往五六年。她当然不明白,她之所以能这样平视山货客,可能是因为阿德给予的重心,也许是多年的城市生活,使她获得了城里人的视觉。

四

十几年前，中山街边，一根黄而细的食指，探进了美丰银行门前右边那根爱奥尼克式的罗马柱裂隙中。它抠摸的不是"小香港"的筋肉，也不是后来阿德卖弄的"黑龙的胡须"。它的主人只是怯生无措，彷徨在那种没有着落的怯生与令她自卑的城市的新奇感里。那时，只有找到山货客，她才是这个城市的熟人、亲人。可是，骊州原来这么大啊，它可以装下几千个、几万个菇窝村啊。这个像小小苔花一样的乡巴佬小姑娘，茫然而崇敬地看着街头。清道夫一眼就看出了她的卑微来路，大竹扫把毫不避讳地扫向她的脚。五月跳脚的时候，脸羞红了。她觉得挡了人家的道。

山货客在哪儿呢，他所描绘的"小香港"大街，她都看到了。中山路尖顶教堂、下雨天不用打伞的骑楼街道、海关钟楼巨大的老钟、旧街心广场的古榕树天棚,她都一一看到了。她甚至两次经过那栋石墙面上浮雕"兼换"二字的老银楼,她当然不会知道,阿德就在"兼换"对面小巷子深处的老屋里看报纸,听收音机。这个时候,离五月频繁进出、成为阿德屋子里的常住者,还有十多个月的时间。在这段时间里,五月最大的愿望就是遇见山货客。他可能会突然从哪个街角走出来,整个街角会突然光辉地亮起来。每次,五月一想到他们相遇的惊喜,自己就兴奋地偷笑,对第二天的日子,又有了蓬勃的期待。

那个上午,饥肠辘辘的五月,倚靠在距离"兼换"旧洋楼斜对角一百多米的水泥灯柱上。带来的零钱快花光了,她没有计划到"城里一个睡觉而已的地方"要那么贵。这让她措手不及。吃东西死贵,她有准备,这有道理,毕竟你吃了人家的东西嘛;睡觉就不一样,睡睡床铺被子又不会坏,睡了又不可以拿走,怎么可以那么贵?五月在那个贴满小广告的水泥灯柱边,蹲蹲靠靠,考虑着晚上是到火车站还是大桥下面找个避风处睡觉。

她身后,"丝丝美"美发店的老板火鸡,剔着牙从丝丝美大玻璃门走过来。冷气和流行音乐也从立刻闭合的玻璃门里，轰了一阵出来。又凉又清香。五月赶紧离开水泥灯柱一点儿，怕是不是又挡了人家什么。她心里疑惑着刚才的一阵芬芳的凉气。火鸡的牙签在牙齿间上下晃动：找工作？火鸡打量着五月，啐掉牙签，说，会不会洗头？五月迟疑着：这附近是不是有个南洋山货行？

五月就成了丝丝美的洗头工。学徒期前三个月没有钱但是管吃管住，之后每月二百包吃住。这个好，还有流行歌曲和凉快冷气。另外一个因为五月到来而晋级初级美发师的洗头工阿杜，因为便秘满脸青春大红痘子，她动不动突如其来地吼一声：跟着感觉走！让它带着我！希望就在不远处等着我噢喔！或者只嘶吼那一句：跟着感觉——走！没头没脑就没有了。五月觉得，这个样子，很有城里青年的派头。

店里美发师就是老板火鸡。火鸡很骄傲的，背地里动不动就嘲笑那些自作主张的顾客：她早呢！她懂个鬼！阿杜说，火鸡帮丝路大赛的模特儿剪过头发，有个人获得了最佳选手奖。从夏天一直到初秋，火鸡和青春痘阿杜，都没有说清楚南洋山货行在哪里。火鸡一开始说好像在海关钟楼那里，又说在文化宫附近；阿杜说，她在和光小学路口的那排店面里,有看到过这个店名。她记得店招牌是毛笔写的大红字。她比火鸡更言之凿凿。但是,五月还是没有找到。他们两个就合伙说,可能搬走啦!可能倒掉啦!在城里,店铺倒来倒去,太正常了。

五月渐渐泄了气。后来就专心指望哪一天,山货客一推玻璃门走进丝丝美。不是说就在这附近住吗,那就完全有可能的。但是,从夏天到冬天,五月确定山货客从未走进丝丝美,但是,阿德是进来过的。阿德也言之凿凿,说,他一眼就看到了一个不太着调的乡巴佬女孩,新鲜得就像长错地方的狗尾巴草。不过,五月对阿德毫无印象。会不会是阿德逗她乱说呢,要不,阿德和所有人都不一样的鹅脖子,她怎么会没有印象呢。后来,五月认为,阿德根本舍不得去找伙计剪头发,更舍不得去丝丝美洗头。他是胡说八道。但是,每一次说到初见,阿德都悻悻地:你眼里哪里会注意到老阿伯呢。标准的对答是:哪里!你才不是老阿背!(当地"伯"与"背"近音。)但是,五月总是会点着头若有所思。她觉得阿德说得有道理。是啊,她认真回想,第一眼看见阿德的时候,他真是老。虽然他很挺拔。在骊州,"阿背"就是指比父亲更老的男性长辈。

五

　　五月在一点一滴地认识城市。有时候，一天下来，各种客人的各种聊天内容，像积木一样，横七竖八地塞了她一脑子。等晚上关店清扫完，她爬上丝丝美阁楼睡觉时，会有一搭没一搭地梳理这些乱七八糟的所有信息，然后，她会在毫无章法的充实感中睡去，做着越来越了解骊州的梦。而作为城市的北斗星、山货客的光芒，其实已经在这样的充实感中渐渐磨损，只是五月自己不知道。

　　说起来，五月真是没有多少优点，不只笨、不只懒、不只贪吃，还有与她的命运不相配的娇气。她经常诉苦说她腰直不起来。这个话根本无人理睬，有的老顾客说，小孩子有什么腰?! 还有，多少洗头小弟小妹，再冷的天，再裂的手指头，也没有一个说受不了了。五月就会啊呀一声落泪。丝丝美不过是老市区里一家小美发店，总共两张泰式洗头床，一天到晚能洗十五六个头就不错。五月就说指尖像针扎，要戴手套。还抱怨说，那个从防空洞里配过来的进口洗发水，肯定有毒哇。火鸡说，少放屁！你试试，看哪个客人让你戴，我就再发你钱！

五月真的跟那些看上去好说话的、对她嬉皮笑脸的顾客撒娇，说自己手指头裂了喔，戴个橡胶手套就不痛了。会对洗头妹嬉皮笑脸的客人，会怎么回答五月，店里的人不用想都知道。不要戴套！戴套找你干吗啊！这样，五月慢慢也学坏了，你淫我荡地嘴皮子轻浮起来。说起来，火鸡基本还算本分的手艺人，偶尔吃一小口女徒弟、老顾客豆腐，也是潇洒温柔的。他会经常花很多的才智、很多的时间，为他苗条洋气的老婆吹染各种发型。那个一会儿亚麻色发辫、一会儿空气大卷的老婆进进出出，也确实给丝丝美带来广告效应。活该五月倒霉，火鸡老婆天生看她不顺眼，偏偏五月练习轻浮的时候，总是撞在她手里。火鸡开始还为五月辩护，大意是招财猫腥一点儿，店里得便宜啊。后来，火鸡挡不住老婆的追击，感觉会殃及自己清白，便不再说什么。这样，当顾客的咸猪手伸进五月衣服里的时候，就没有人敢帮扶五月了。当然是活该了。

五月杀猪一样尖叫。她指望火鸡赶上楼修整那个猪羔。但是楼下的火鸡在镜子前半蹲着，专注地剪一个顾客的刘海，嘴角的微笑，就是把这件事定性成一个日常性的玩笑。这样，事态就升级了：楼上一阵乒乒砰砰。老板娘就上去了。

其实五月也不是没有历练的小苕花了。只是那只咸猪手突破了五月的承受防线。五月把满手的泡沫都摔到了顾客鼻孔和眼睛里。那一天，五月挨了顾客的打，她也踢到了顾客，还摔坏了店里好几样东西。五月不只恨大家不仗义，不只恨老板娘拉偏架。当时，她最恨最伤自尊的，是那个顾客两只咸猪手同时袭胸，两个规格的红菇都遭遇了捏拧。凭什么他敢这么狠毒放肆?！这是五月哭吼老板娘的话，言下之意就是你们纵容的。老板娘才不屑乡巴佬无厘头的心高气傲，让她气急败坏的是，五月把一架还可以用的热烫机踢坏了。所以，五月再骂咸猪手不要脸的时候，老板娘回骂：女人臭不要脸，男人要什么脸?！

对身体的尖锐护卫，应该专属于初出茅庐的女孩的敏感，等再过几年，要想五月因此暴怒，基本不可能了。那时候的五月，把自己开发得全身是宝、坚韧有加。她知道两只乳房不一样大，可是她觉得每一只都是漂亮的；她也知道自己上下楼梯脚步声一轻一重，但是，她明白自己走起来步态是好看的。她还知道一只眼皮上有咖啡斑是破相的，在洗头工学徒期刚满的时候，她就懂得在另一边也涂上眼影、贴上长睫毛，那就一样幽深水灵了——有一次五月和阿杜同在镜子里自赏，阿杜突然抬手要撕扯她的假睫毛。只有一点点她克服不了的身体麻烦，也只有她自己知道，她的右背——右边的背部，好像一点点地厚起来，就像长乳房的力气用反了方向。腰直不起来的感觉更重了，有时候一整天都是酸的。五月悲伤地猜想，酸，就是她的身体正在曲蜷的信号，就像瓜秧瓜蔓。但她又无师自通地联想着，哪天怀孕生子了，腰酸和曲蜷就会停下来。在菇窝村，人们不都说，女人就是通过坐月子换身体的。不过，有时酸得不停，她就会故作潇洒、夸大其词地叹息：我会变成一只扁壳蜗牛的！阿杜雄浑地说：没错，我正在变成一只北方的狼！两个发廊妹鸡同鸭讲。

五月指望她一针见血识破了身体的阴谋，身体就不敢再曲蜷下去了。是的，身体揣着不可告人的阴谋，早晚会被她粉碎。五月还知道，在别人的眼光里，她还是直正的、健康的。说起来，在骊州的阳光雨露里，五月的青春日益逼人。她还真的没有辜负老板娘的咒骂：就一只土妖精！土鳖精！——火鸡的老婆并没有透视她的弯曲的骨头，但是，她看透了她土坯子里一身妖骨。

六

阿德不一样。阿德目光威烈,什么也瞒不住。

那时,阿德看到满脸是血的五月,说了一句:住我家吧。我房子大。

阿德这么说的语气,就像是做了好事不留名的人,散淡随意的口吻,让五月看轻了这份邀请。等到那一天终于身入小巷,第一眼看到那栋红砖楼老别墅时,五月惊吓了一下。阿德淡淡地说,我只是住一楼了。楼上是租户。阿德就是这样,很轻易地控制着别人的情绪的摆荡。

从中山路,拐向阿德的家,就像进入一个宝葫芦。先是狭窄的巷子,窄得打不了伞。走完十多米葫芦颈子,巷子就宽大得可以走人力板车。两边快要一百岁的巷墙，似乎都是歪的，不知道是什么力量维持它们不倒的。一边的墙已经被霉斑染出抽象画的灰黑，只是五月猜出它曾经是白墙。另一边的墙皮如揭掉癣皮似的不均匀脱落，东一块西一块地赤裸鼓曝着里面的红砖。有的伤口扎眼得像鲜肉，里面扭曲着盘虬卧龙的老树根；有的伤口里面红砖缝又再挤出了青苔条。最让五月惊心的是，快到阿德家之前，有栋无人居住的尖顶老别墅，每一层黑洞洞的窗眼，都几乎被外墙爬满了的绿植掩盖，还有各种拱形门、廊柱，也都被爬墙虎覆盖了。葳蕤的绿植们，就像某种不知名的生物，又匍匐着爬过院子，蔓延上墙，再越过外墙顶各色玻璃尖子，绵延下来，早晚要漫过小巷，就像封掉那栋无人的老别墅一样，封掉这条通往阿德家的小巷。

阿德的家，是栋带院子的三层红砖平顶小别墅。尽管它比斜对面那栋无人居住的尖顶大别墅简易矮小了许多，但是，五月还是觉得有点阔大阴森。院门是个小石拱门，顶部杂草丛生，高草枯黄，低草干绿。门洞有板车宽，两边的石头门柱，一人半高，两柱的顶部水泥造型就像外国人的两额大鬓发。一条红砖小路，穿过花草不怎么茂盛的小院子，通向一楼大门。一进门，就是大厅，长案之上，是一对荷花、松树图案的旧青花瓷瓶，里面插着轴卷山鸡毛什么的。青花瓶再往上看，墙上是一个穿清时长袍男人的发黄的老照片，他眼窝枯陷，目光却能盯准在厅里任何方位的人。长案两边，各有三把枯瘦的太师椅，看上去像肥皂水刷洗太久了似的灰白。案前，两侧太师椅中间，是一张也是灰白色的老方桌。阿德警告五月，不要乱踢，都是文物哦。厅子右边侧后，通往二楼的红砖梯早已被一扇锈迹满布的小铁门封死。看起来是后来加装的，闸门似的阻断了上楼通道。铁门通往地下室的台阶下，目力所及，是堆积的旧床板、博古架、老藤箱等破损杂物，地下室也堵住了。靠废楼梯的那一边，有个同样锁死的朝西房间。阿德住在厅子左边。左边有三个房间，两间朝南，对着院子；大间的南屋是阿德住的。第二南屋很小，它对面的北屋，做了厨房兼饭堂。还有一间做书房的东屋。一楼这一层，都是阿德的家。而二楼三楼，说是阿德家的什么亲戚的承租户，到底什么亲戚，阿德语焉不详而且语气厌倦。现在租住的是一家广告设计公司。那帮年轻人，只是从别墅的背面外墙另外加装的一道铁楼梯进入。阿德非常讨厌那些年轻人上上下下把铁楼梯踩得砰砰响的声音。而在五月听来，无论是深夜还是白天，她都在这些打打闹闹、砰砰嘭嘭的声音里，听到了令人心安的太阳光。

如果没有他们，五月觉得这栋老别墅肯定鬼更多。但也有可能，因为二楼三楼人多阳气旺，鬼都集中避到楼下阿德家了。鬼反而更多了。第一次进入阿德家，五月就感到周身发凉，尽管院子外面阳光耀眼。五月说，你一个人住不害怕吗？阿德说，什么？！后来，五月站到院子里的阳光中，又老话重提：我要是你，会很怕。阿德还是听不懂，说，我在这个屋子几十年了！怕什么？！五月说，我五岁以前，妈妈说，我能看到很多东西，后来，我妈妈请人替我做了法术。现在，我看不见了，但是……

阿德明白了。闭嘴。阿德说，年纪轻轻的，一脑子封建迷信！

五月还是心虚。一走进葫芦嘴安鱼巷口，不安感就裹挟而来。那栋尖顶老别墅靠巷子的几个窗口，黑洞洞的就像眼睛，骷髅眼似的透过绿植叶蔓，总是盯踪她的身影。她总是假装低头不看，假装那座荒芜的老别墅不存在。直到住了几个月多后，心里才有点松弛，好像双方都熟了。她会哼着歌，飞快地瞟睨它一两眼，心虚腿软地快步奔进阿德的家。还有，阿德家厅里的墙上，那个老祖宗的照片上，也有一双五月不敢多看的讨厌眼睛。她问阿德那是谁。阿德说，说了你也不懂。

整个骊州城，阿德是最早发现五月身体异样的人。也可以说，是对"鬼"的畏惧，或者说是"鬼"，让阿德有了发现五月异样的机遇。一开始，五月抵死不承认自己身体的异常。但是，在阿德鹰隼般的目光下，五月如同进了 X 光机。但阿德不是凭感觉行事的人。他需要证据。

把衣服脱了。阿德说这话的时候，一脸严肃。

都脱。严肃的阿德，让五月感到正经与郑重。自己要是再抗拒，就是撒赖与侮辱对方。

五月别别扭扭，动作磕磕巴巴。她还是把外衣长裤脱了，但留着贴身秋衣裤。阿德说，再脱。五月迟疑着，最终剩下"比基尼"，五月尴尬地两手上下护庇着自己。阿德挥手：手拿开。五月觉得自己快哭了，她穿的是金棕色的丁字裤。当时，东方之珠对面那家外贸服装摆摊在门口，几个技师嘻嘻哈哈说，看到山柳买了黑色丁字裤。大家像玩一样，互相怂恿着买，五月买了一条黑色的,一条金棕色的。过后她们悄悄交流,大部分人都说不好穿送人了。但是,五月穿了。她喜欢。她喜欢丁字裤让自己的屁股像水蜜桃一样有趣。而且,好洗易干,对她这么个懒惰骚包的女孩来说,真是非常好的物件。现在,这个突至的检查,让五月猝不及防,难堪无措。但是,阿德坚定严肃的指令,彰显着事情的光明磊落:

转身。

抬腿。

侧面。

再转身。

侧面。

弯腰。

低一点儿。

最后,阿德站起来。他把手放在了五月的右肩胛骨上:剃刀背。

这是阿德的郑重结论。和我判断的一样。阿德说。五月假装懵然无知地反手摸自己的右肩胛骨。

阿德说,我不是不礼貌,我是知道这个的厉害。以前,我小学有个同学,外号叫驼背温。他就是剃刀背。

越长越矮。我从部队复员前,他就死了。听说,死了之后,连棺材板都不好盖。那时我还在部队。

五月这才放声大哭。这比她以为的扁壳蜗牛还要糟糕。五月既羞赧又恐惧,她哭泣着,依照阿德指令穿好衣服。她知道,这个世界上,终于有一个人,可以和她一起扛起这个很重的、越来越重的身体秘密。因为阿德说,我会带你去看医生。我有认识的医生。

阿德说,如果你没有遇到我,肯定会变成驼背温的样子。那样,你死了,可能也盖不上棺材盖板。阿德说到最后一句的时候,是笑着的。五月知道阿德是开玩笑,但是,阿德带她找过认识的医生之后,她又大哭了一场。那个时候,五月觉得她根本撑不到脱胎换骨的结婚生子,她很快就会变成那只扁壳蜗牛死去。隔天,她在噩梦中惊醒。在梦中,有人把她扭曲成团的尸体抬进棺材的时候,怎么都盖不平棺材板。她就像一个不规则的扁球状物,一团怪异的生姜团。五月哭喊,很痛啊我很痛!阿背——我还没有死啊!你压痛我了!

阿德听了这个梦大笑地宽慰她说,这里不是菇窝村,城里早就是火化了。

五月没有得到安慰。她又大哭了一会儿。

七

阿德看起来有能力理解不对称的事物，因为他自己好像也不那么对称。不过，他肯定不会这么看，他应该认为自己和三十多年前一样端正，他有轻微的罗圈腿，但是，部队回来已经好了。但在敏感于对称感的五月看来，阿德的左眼比右眼大，左眼是双眼皮，很精神的内双，右眼是单眼皮，看上去接近三角形，好像正眯缝着抵御风沙，或者在习惯性地瞄准什么。他的嘴唇也不相称，上唇干瘦如硬豆干，下唇却饱满如亲亲肠。为了冲淡反差，他总是用力抿嘴横唇，这让他看起来有谋略有毅力，似乎总在下大的决断，但也显得阴鸷自负，动辄恶向胆边生的样子。阿德的耳朵细看也不对称，一只是舒展的贴耳，一只是耳廓外翻的招风耳。不过，扣除不对称的小细节，公平地说，阿德看上去是一个整洁英挺的小老头。这归功于他直正的腰背和擎天柱气势的脖颈。就像一根高高在上的旗杆，那条英气勃勃的长脖子，结实有力地统摄了他从头到脚所有的缺憾与不足。无论坐站，阿德就像一面旗帜——也许，阿德就是想象自己是一面了不起的旗帜吧。

五月开始被安排在东屋小书房。书房的天花板，恐怕快有她三个人高。这使得这个不大的房间阴凉如井。除了兰花草图案的奶黄色花地砖，还有瘦高的门与窗，屋子内的东西——书桌，小单人床，一个上面玻璃拉门、下面双开木门的小书柜，还有一把四四方方的椅子——都不古早。古早的就是脚下一片片磨损的兰花图案小方砖地，是窄长的窗和门。门和窗都是发黄的骨白色，也可以说在八九十年的岁月中，白色变成了浊白黄。门的铜把手有点脏旧，但手反复触摸的位置，特别铮黄发亮。不知道多少代、多少双手在这里拧来拧去。门窗之所以特别高，是因为屋子的天花板的高。门上横竖各有一条铸铁插销，竖向扎地的那一条，简直快有五月的手臂长。

还好，屋子里还有点五月见识过的东西，比如窗前的书桌椅,那是生产队办公室也有的那种靠背方椅。椅子前,是张生产大队也有的普通硬木办公桌。桌面上有一块报纸大小的玻璃。它压在墨绿色的绒面上,放置了好几张照片,最大的就是一张军人照片。那个时候的照片颜色非常奇怪,军装嫩绿如金,嘴唇却如泡水的红纸。即使这样糟糕的颜色,那个军人还是意气飞扬。

好看喔,他是谁?

我!

阿德语气不良。

五月有点讪讪,不知从何补救。

玻璃板和墨绿色的绒面之间,压着大大小小多张阿德的照片。五月开始胡乱赞誉,以至忽略了阿德的老婆,忽略了他的儿子。还是阿德在引导浏览的时候,潦草地主动带过:这我妻子。十几年前走了。这我儿子,现在在香港。他小姨、大舅都在那边。

——香港?香港!我也要去香港!真正的香港!五月惊呼。五月就这样浅薄地忽略那个她应该重视的身影,忽视了厄运的筹码。不过话说回来,一座陌生的城市,哪里都是防不胜防的。

阿德在厨房为五月煮面的时候,五月站在厨房门口,她一手抱着垂下的胳膊肘，怯怯巡看着屋子的前厅、小书房，还有旁边阿德卧室的门。午后的光线正在由明黄变为黄昏的浑浊，室内比室外先暗一步。五月不敢走动。阿德锅里刺啦刺啦的炒爆声响，有时会覆盖一切，但是，锅铲水油喧嚣的间隙，厅里的那个自鸣钟的脚步声就猛然沉重起来——这个根本不守时的老钟，最后还是被五月央求停下了。阿德说，这个古董很值钱。五月也越来越讨厌厅墙上的那幅老画像，只要她抬头偷瞄到他，那枯老的目光，都在严厉地审视着她，阴鸷而冷漠。而阿德说，怕他你就别看，低头就是。

这栋楼房的一楼，充满陌生与对抗，还有强烈的排斥她的阴沉气息。五月敬畏屋子里的许多东西。她和它们像一家人一样站在了一起。和它们在一起。相比古老物件，五月更亲近崇敬现代感的新东西：煤气灶、电话、风扇、冰箱、影碟机、电唱机。电视机倒是最不陌生。因为，五月离开的时候，菇窝村已经有一户人家有十来寸的日立牌彩电了，屏幕里面和生活里的颜色一模一样。每天晚上，五月和田鼠兄弟，还有村里的许多人都会涌过去，抢屋主窗边的好位置往里看。

而有些东西，五月到了骊州后，已经有所听闻甚至亲历，比如电话，比如能出冷气的窗式空调（阿德还舍不得装）。这样，五月就有点看不起阿德家的长城电风扇——不过，她心里还是觉得电风扇是非常了不起的。它可以永远不停下来，它不累，都有风。五月也敬佩不用柴火的蓝色火苗的煤气灶。这个不知道烧什么的灶，阿德说，比木柴热值更高。还有全自动小天鹅洗衣机。它们这些，合伙出现在一个人的家里，那种尊贵的气派，就很不一样了。而且，厕所！——阿德家里就有厕所！她本来是问阿德，外面的公厕怎么走。阿德带她到厨房后面的小屋子前。五月就进了那个狭小但整洁的洗手间。闩上门，面对着马蹄莲花一样的陶瓷物件，她困惑了很久。因为丝丝美里面是一个蹲式厕所。她犹疑着，到底不好意思开门求助阿德，她想自己搞清楚用法。当她试着拉了一把抽水马桶上方的绳子时，呼啸而下的水势声响吓得她夺门而逃。虽然行迹仓皇，但阿德以为她方便过了，便不再说其他，只是要她赶紧去洗手，过来吃切好的苹果。

那个晚上，五月快要被小便憋哭了。那是五月第一次做客真武路21号。

大约三周后，她搬进了这栋破旧的红砖小别墅。

八

五月被阿德带去看医生时，已经住在真武路21号两个多月了。那是阿德严肃检阅完五月体形后的次日下午。阿德带五月先到省立医院。专家指着X光片说话，实习医生在记录：

> 脊柱畸形，胸右侧弯41度。胸段右凸，脊柱前屈时呈现较明显"剃刀背"畸形（右侧），右侧高于左侧约3～4cm，各棘突，椎旁无明显压痛和叩击痛，胸腰椎活动可，胸廓形态中度畸形，直立位两肩高低不等，右肩稍高于左肩，骨盆倾斜，无压痛，骨盆挤压分离试验：阴性。

一句话：脊柱中度侧弯。

专家建议先戴矫正支具，如果每半年以五度到十度的速度弯曲，立刻手术，放置两条脊骨连接棒。矫正支具的费用，大概在三千左右。手术的费用在八万左右。专家说，最终根治还是手术，而手术越早越好，因为青少年期的脊柱比较柔软易于矫正。如果放任不治，日益侧弯的脊柱会导致心肺压迫，最后瘫痪，甚至死亡。

这个结论是晴天霹雳。驼背温就是那样死的。阿德偷偷加评。但阿德和五月自己，都不同意五月畸形将致死的结果。他们都是离死很远的人，死，都是别人的事。尽管阿德亲眼见过驼背温的痛苦与夭寿，尽管五月直觉地用扁壳蜗牛不断警告自己。但是，看得出，他们两个对专家的话，都非常抵触，甚至有被威胁的不快。

专家也不高兴了：有什么奇怪！脊柱侧弯女性多发。发病率在百分之三。每次门诊，大部分都是女孩！

他们还是不快。只是五月的担忧超过了不快。五月鼓起勇气，说，我们那里，女人生了小孩，只要月子坐得好，就会换个好身子……

专家转身看定五月，他似乎在五月的话中感受到了幽默的意味，他说，那你，生个试试？阿德则听出了医生的嘲讽。阿德感到难堪。

五月一直看着阿德，想看出阿德的想法。阿德扫了她一眼，沉默地专注于医生的表情及灯箱上X光片里弯曲的脊柱。他在思考。

走出医院，阿德说，你怎么想？

……想治。

想怎么治？

手术……是不是？五月的语气是迟疑的，她下意识地试探着阿德。阿德对五月好，两个多月吃住已经全免。但是，五月不知道，八万，对一个住老别墅的城里人来说，是不是很多的钱；她也弄不清楚，阿德是愿意借她，还是无偿帮助她。五月固然有自己的小九九，但是，她对于钱的认识与使用经验，与年过半百、小风大浪都见过的阿德相较，还是有不可比拟的差距。果然，阿德冷静地直奔要害：

费用呢？——八万、十万，你有吗？

五月张口结舌。

这可不是小数字！骊州，像我这样的老资格干部，一个月固定工资也才一百四十七。七七八八补贴，全部加起来也就三四百。那些工地里的农民工，晒死累死，撑足了也就四五百!

那么,五月想,看来八万块,在骊州也不是一个小数目。

——医院就是骗你这样脑子简单的人!夸大其词!

我是……

就算我有钱借你,好,就算你自己有钱,那我们也要想想对不对、值不值。现在的医生,基本都是穿白大褂的抢匪。你一不小心,就被骗了被抢了!

……可……我不想变成驼背温……

胡扯,你穿衣服根本看不出来。

……还是……想治。

没说不治!是要你学会用脑子思考。这儿可不是乡下!

五月点头。

换一家医院。阿德在骊州中医医院,找到了他的发小、针灸推拿医生老郭。老郭可能在针灸室里给艾条熏多了,一张脸看起来黑黑黄黄,就像沟边的干牛粪,白大褂也发黄,衣服上还有一个香烟或是艾条烧的小洞。五月觉得他一点儿也不像医生。但老郭一看到阿德五月进来,脸上马上泛出轻快的光泽。五月从他们热情的寒暄中知道，老郭的女儿结婚，阿德给了个红包，还给了一块他女儿非常喜欢的香港电子表。老郭问阿德儿子在香港现在怎样了。阿德说，又炒了老板鱿鱼。一口广东话。连电话都不打。我根本也懒得管他。

针灸室艾烟缭绕。老郭把最后一个病人身上、手上、头上扎好针，然后，像比划星座连线一样，交代助手哪个哪个连上电针，就带他们去红砖楼找骨科医生。医院在施工，他们要穿过一条正在挖沟的路。路上，老郭对五月说了很多：你不知道你舅舅在我们班上是多么风光！他是欢迎过赫鲁晓夫的警卫官啊。

阿德说，仪仗兵！

啊，没错，就是仪仗兵！老郭说，你舅当时一米八，那个头高的，全骊州没有几个啊。

一米八三！阿德说。

呃，你知不知道你舅舅当年……

阿德对骨科医生小吴也说，我外甥女，外地来打工的。月经之后腰就有点直不起来。现在十七岁了，好像腰背都越来越不舒服了。看得出，因为老郭，骨科医生小吴忍耐了阿德的一些废话。小吴是三十多岁的方脸小个子，留着杂乱的黄胡子。他并没有因为是老郭的熟人而热情相待。他没有表情地听，没有表情地看他们带去的X光片，没有表情地目测和触诊五月的身体。

但是，这个小吴医生，最终打败了西医，赢得了阿德的信任。小吴医生唯一带上情绪的话，是对老郭医生说的，那种疲惫简略又蔑视的语气，听起来好像是挖苦本院行政部门某个迷信西医的同事：那脊柱弯曲矫正手术半年后，放置的连接棒就断了，只好再次手术。老郭也回以闺蜜式的嘀嘀咕咕：活该噜，她不是一贯看不起中医？只是孩子受苦了。

小吴恢复正常语调对五月说：你至少现在不需要手术。一型右胸弯四十多度的脊柱，有可能靠训练自我纠正。身体矫正的支具也可以买。不过呢，使用支具是需要毅力的，长时间佩戴，会很难受。我要先告诉你们，如果你没有身体自我纠偏的感觉意识，支具一拿掉，脊柱就显回原形。所以，那样你买了也没用。

阿德说，你的意思是——手术啊，支具啊，都不重要！关键还是靠自己的恒心和毅力？小吴看了阿德一眼，隐约有个点头的意思。五月期待着吴医生的更正。但是，吴医生没有再开口了。之后再也没有评说什么。

大家静静地看着他洗手、写病历，打了一个含糊的呵欠，又陪他端详了一会儿他自己的指头。他们默默领受了他的身心俱疲感。五月想，医生应该就是这样见缝插针地让自己偷偷休息的吧。

在回去的公交车上，阿德夸奖小吴是个"真正有良心"的高明医生。下车的时候，阿德又说，如果没有熟人带，你看吧，你根本看不到医生的良心。五月觉得都有道理。她万万没有想到，被省立医院专家说会瘫痪死掉的这么可怕的病，最终在中医院一分钱都没有花。而且，就像阿德说的，早知道先来中医院，这样，连被省立医院骗走的拍片钱也省了。小吴医生只是用手一摸，用尺子一摁，马上就知道有没有弯、弯曲多少。两个医院医生，高明不高明，高下立见。五月点头：是啊是啊。

看起来以为很快就会出人命的问题，就这样很容易地解决了。小吴的手和尺子，在五月裸背上移动的汗涩温热的感觉，也比机器更令人信任。省立医院拍 X 光的钱，她也觉得花得是有点可惜。五月想，关于城里，关于骊州，关于医生的鉴定与对付，她不了解的陌生事物太多了，难怪阿德总说，你早呢，你什么都不懂。

矫正单杠，中医院回去的一周内，阿德就在院子里钉下了。

那是一根学校废弃的旧单杠，是两条街外一个小学体育器材升级后挖掉的。阿德不知道通过什么关系，也同样没有花一分钱，就把它暂时借用到家了。牵拉运动、按摩手法、单杠拉脊动作一系列规定、准则、训练方案、短中长矫形计划，阿德都写在电话机旁边的小本子上。所有这些方略，阿德通过老郭，都获得了小吴医生的认可或追认。

九

　　五月从来不穿紧身的衣裙，以前，她就非常讨厌阿杜拍摸她的背。其实，不是两边对比着摸，一下子的拍摸，是觉察不到两边肩胛骨的高低的，也就是根本摸不出后来阿德说的剃刀背，但五月就是反应过度。阿杜大大咧咧惯了，看五月神经病似的把自己当色狼一样防，感到很恶心很夸张。有一次阿杜破口大骂：你是不是做梦都想被人强奸？！另外，老板娘也是越看五月越不顺眼。初入城的五月模样，大概就是那种倒霉蛋：在一般男人眼里，并不多么有吸引力，可是在女人眼里，非常迷人漂亮。这样的倒霉蛋，既遭遇女人的嫉恨白眼，又得不到男人的呵护补偿。如果五月像阿杜那样——随心所欲地乱穿衣，一阵子铆钉流苏牛仔衣裤紧包上下，一阵子又露肚脐、曝乳沟；有一天还捆着一款外贸打折的藕色旗袍，袅袅婷婷举止笨拙地来上班，火鸡差点笑掉假牙：你他妈活像个包太满的大春卷！如果五月那么干，也算风姿招展，老板娘讨厌她也还算有点依据。但是，老板娘就是从五月宽松的衣裤里，看透了这个浅薄资历的进城姑娘，看透了她的轻浮骨髓。

和那个咸猪手生死搏斗之后，五月就想炒了火鸡鱿鱼。她到处跟人这么说，口气很有城里青年的气魄。不炒老板的算什么打工仔？！结果，她还没有正式提出辞呈，火鸡就喝住她：不干提早说，我好招人。五月有点局促，因为她还没有想好下一家。从丝丝美走出去，连当天晚上的睡觉都成大问题。炒老板说起来潇洒好听，如果你根本没有准备好，实在是自讨狼狈。

五月一边抵抗着难堪，一边攥着志气去寻找新单位。她知道骊州很大，但她只熟悉中山路这一带，她知道骊州的公交车网路像大树根一样多，一块钱一条线可以坐到底，但是，除了去火车站的53路车，所有的线路，她都不熟悉，走远了心慌。所以，她找来找去，不过在距丝丝美半径两公里步行范围内。先是一家美容院，后是一家水果店，都工资低，还没有包吃包住。最后，五月就去了东方之珠足浴城。东方之珠门面不算大，但九十年代初，它是足浴先锋。而且"东方之珠"几个字的蓝红紫变色的霓虹灯巨大招牌，很气派。五月本来是想应聘洗脚技师的，包吃包住帮人洗洗脚也挺好。可是，一进去才知道，不是真的洗脚，人家是保健，绝对不是洗脚那么简单，要懂点穴位，懂经络，懂中医常识。人家招的是熟练技师。该五月走运，老板娘山柳差人叫住正沮丧推门退出的五月，问会不会算账。五月说，我心算快。

五月就被留下临时做了收银员。原来的收银员昨晚摔下楼梯，折了大腿。山柳不知怎的，就看五月顺眼。山柳有张小刀条脸，长长的高耸鼻梁，小脸上却顶着一头浓密的红头发。这个芭比娃娃一样的西北女人说话快，容易发火，一发火，两边鼻翼扩张鼓胀得像两只车轮，随手抄起东西就摔。当时的手提电话多贵啊，还特别重，听说她就摔了一个。所以，山柳人见人怕。山柳做人也没有什么原则，也可以算很有原则，只要她喜欢的，都算好人，她讨厌的，都是坏人。东方之珠的老员工都知道，最好要做成山柳不喜欢也不讨厌的人，那样，你就像空气一样安全。五月一开始，就成了山柳比较喜欢的人。实际上,收银台都有计算器的,也有验钞机什么的。说起来,笨一点儿也误不了多大的事。只要山柳满意就好。真正的幕后老板是马家两兄弟,有人说并不是亲兄弟。反正他们资金雄厚关系足,外面还有其他大生意。店里呢,基本就是山柳和她的妹妹小英在管。山柳说了算。

收银员是二百六十块死工资,不像足浴技师另有提成,但也包吃住。吃是管中、晚两餐。米饭管够,两菜一汤。一般是包菜、大白菜、老长豇豆,混一点儿三层肉,也有豆腐,一般都是尾市的便宜货,一买买一大堆。有时有点冻排骨煮海带汤。五月遇到两次技师因为排骨大小,和打菜的阿姨吵架。员工们吃饱了经常嘀嘀咕咕,表达不满。五月在东方之珠足浴城吃的第一顿员工餐,就碰到山柳过来摔碗:还想吃什么?——白吃白喝!有荤有素!难道吃鱼翅燕窝吗?!我×你妈!谁再嫌伙食差——马上滚你妈的蛋!吓得五月从来不敢说饭菜怎样。有机会,她就在街上买便宜零嘴解馋,怪味豆啊,烤地瓜啊,花生汤啊,炸菜饼啊。虽然低档,但比菇窝村好太多了,零食多。在菇窝村馋得受不了时,五月只能去地里拔点莴苣心吃,家里连一点儿田埂豆,母亲都是称好斤两存着的。五月从小就是特别贪吃的孩子。不贪吃，她也不会认识山货客。至于东方之珠的住，那比丝丝美差多了。丝丝美虽然睡在站不直的矮阁楼，但是，阿杜经常不在，她相当于独居。东方之珠的宿舍，是在一个工程厂的旧居民楼里，散租了几个套间，每间卧室都是上下床挤满，最少一间住了六个人。员工经常为上厕所、用浴室、占水池、晾晒衣服吵架。

坐在收银台里，五月的懒惰和嘴馋，山柳看不出来，但是，她的天真执着，她的招财猫气质，山柳一下就感受到了。有天晚班，几个男女过来按脚，完事，一拨人在门口等着，请客的男人过来买单，说忘了带会员卡，死活要求按会员卡打折。五月说，规定不行呢。

不行？！谁说不行？！

五月说，规定不行。认会员卡哦。

我的脸就是会员卡！男人不高兴了。

五月微微笑，有点紧张，啃着自己的指甲边，但还是摇头。男人猛击桌子，把在门口聊天等候他结账的几个朋友都惊动过来，有人笑着拍请客的男人失败的"会员卡"脸，有人过来劝说五月不要那么死板。男人一听大家也觉得五月死板，更加纵容自己的酒后火气，一把

抓起收银台上供客人享用的一碟薄荷糖,全部摔在五月脸上:

——你看清楚我的脸!

五月还是摇头,拒绝把那脸当成打折卡。她无助地转头看有没有救兵,她害怕那个吼叫的男人跳进柜台来打她。即使这么害怕,她脸上还是微微笑的,因为心虚,使她的胆怯委屈的笑意特别令人怜爱。这个没有经过东方之珠任何服务培训的洗头妹——五月纯天然的和善反应,实在是温柔聚财。山柳就在二楼嗑着瓜子,悠然看着栏杆下面的热闹。那个请客的男人,最终还是买了不打折的单。因为他再不买,他的朋友已经掏出了皮夹子。

隔天,山柳送了个小黑盒子给五月。是香水。五月喜欢里面那个方柱型的透明瓶子,液体是透明的,带一点儿极其轻微的绿。里里外外都是洋文,五月看不懂一个字,但是,打开它一喷,她觉得味道好闻极了。同屋有个技师告诉她,男用的,过期啦!

五月说,那有什么关系呀,我喜欢!

十

那个时候,还没有阿德,也一如既往地没有出现五月心心念念的依靠——那个面目日益模糊的山货客。对于骊州,五月两手空空,依然没有抓手。她只是有了一个新的立足点,那就是东方之珠。五月曾经很炫耀地告诉路遇的阿杜,眉飞色舞地描绘了东方之珠的富丽堂皇,说自己还经常去顶班迎宾员。她强调说,我们的客人还有免费点心吃!阿杜很鄙视:切,那种地方,谁都知道!五月说,知道什么?阿杜说,你少装。五月说,你干吗呀。五月说这话的时候,心里有点发虚。但她还是大声说:你又没有进去过!一楼是足浴城的大堂,很多人一起洗脚;二楼是VIP,豪华包间!

阿杜说,VIP个鬼!

话不投机半句多！五月很有文化地扔下一句。两个洗头妹就在巷子口分手了。

大约在去东方之珠的两个多月后，阿德出现了。那天晚上，下夜班的五月，正好没有一个技师同行，她独自走回工程厂那边的集体宿舍。快到荔枝巷口时，一个提着公文包的男人突然抱住了她，力大无穷地把她往荔枝巷里面拖。五月的叫喊声，让黑洞洞的荔枝巷忽然亮了一方光，有人开门了，光照了暗迷的小巷。阿德和他的老同事老靳一家人，站在了黑暗的光明中。阿德大喝一声，还有其他喝止的声音。那个男人就放开五月跑了。五月的上唇被咬伤了，看起来都是血。

阿德是去做客的，因为老同事的妻子去世了。那个晚上，阿德一路陪五月走到工程厂集体宿舍。这一路行走，一老一小问答了许多。阿德听到了五月对集体宿舍的各种抱怨和嘲笑。临别，阿德给了五月自己家的电话，说，如果实在休息不好，可以住我家来。五月说，这是你家的电话？五月又说，电话是放在你自己家的？五月还是费解：不是小卖部里、叫你来接的公用电话？阿德在一再肯定中微笑。面对这个小乡巴佬，让他在怜惜中油然而起城里人的优越感。

要是住过来，不收你房租。

五月并没有当真，只是忍不住开心得意。这是城里对她的示好。直到三周后，同宿舍那个老技师，再次怀疑并辱骂五月又偷偷用了她的牙膏。五月确实偷挤了她的高露洁牙膏，还偷用其他人的洗衣粉。曾经有个技师洗完澡，忘记把自己的潘婷洗发水带出卫生间，那个晚上，一下子就少了半瓶。可能每个后进去洗澡的人，都在偷用她的潘婷。五月当然也没有客气。那个晚上，那个老技师也骂了很久，没有一个人搭理她，等于不承认。五月自然也不会承认。五月的这些事，包括偷吃别人放在桌上的膨化食品、五香牛肉干什么的，从来没有被人发现。既然没有发现，凭什么就可以血口喷人呢？那天，面对老技师越来越明显的含沙射影指桑骂槐，五月终于大光其火地反击，在眼泪和赌咒中，和老技师对骂，并表示讨厌高露洁那种鬼牙膏的臭味。

然后，五月就赌气搬出来。按照那次遇色狼深夜护行的恳谈，五月掷地有声地宣布：我走！我住我"阿背"家！那个夜晚开启的称谓，五月用了十八年，从一九九二初夏到二〇一〇年深春，她一直叫阿德"阿背"。阿德一度要求她叫自己名字，他并不愿意成为五月的长辈，他家的立柜穿衣镜从来都告诉他，他看上去最多四十出头。他从来没意识到自己比五月大了三四十岁。可是五月总是改不了口，脱口而出的称谓总是阿背。随即连忙纠正性地叫阿德，但转身又忘。后来，阿德也放弃了，因为他觉得，五月叫他阿背，比叫他阿德更合适公众视听。阿德不知道为什么，也是自作主张地叫五月"老五"。五月也不喜欢，觉得像个拉车、修鞋的男人名字。她小时候也不喜欢蔡五月这个名字，就像哥哥们叫蔡正月、蔡十一那样地土。但是进了城，五月觉得自己名字有点好听起来。山柳第一次看她写名字的时候，呵斥说，写真名！——我是真名啊。山柳看了看五月，说，你爸妈有文化啊。五月说，嗯，我爸是村里的老师。

五月的谎言随口就来。小小的谎言，担负着协调她和骊州之匹配的责任。正如五月对阿德的可爱谎言。英雄救美之夜，阿德说，女孩子，最好不要在那种地方干。五月说，是老板选中我的，本来我都走了。她非要我。收银台是东方之珠台面啊。空的时候，我还要兼迎宾。阿德似笑非笑。五月说，真的！本来我都拉门走了。她非要我。阿德还是似笑非笑。五月说，收银员本来就是酒店迎宾员啊，是要气质外形的，不是随随便便就要你的！老江湖的骊州人阿德，当然知道服务行业注重形象。但收银员等于迎宾员，他都不用听，闻闻这话的味道，就知道它在说什么。

五月说：不信你去问嘛。

那个时候，五月只是临时顶班过一个突然痛经的迎宾员半天。

十一

两人的友谊一开局,阿德似乎就很享受对五月的优越落差。不仅是物质性差距,更是精神性的落差。没有对比,就没有对幸福的确认。

一向慎言谨行、严于律己的阿德,看起来挺乐意由此反复盘点自身的优越。那个十六七岁的乡下女孩,那个缺识少教、心性孱弱的小丫头,激发了他另一种生命理想。阅历丰富、天命尽知的阿德,参照凸显出自己不平凡的优越人生。其实,等到十几年的探骊光阴过去,阿德由骄傲的天鹅变成丑老鸭、变成委琐肮脏的拖把布头,而那个时候,五月正是春光满园的好时光。他们能打平手了吗,这对牵手走过黑龙脊背的一老一小,谁会服谁呢,谁的怀里又暗藏着探骊之珠呢。反正一开局,强弱分明。

五月美化父亲的小谎言，和阿德家族口述史的优化，都是对生活有梦想的折光。它们互相辉映着，体验着人生的设计满足。阿德似乎在建设新五月，他有意无意地为城乡差距造势，为个人历史优越造势。尽管含糊其辞，看起来内敛谦逊，实质还是气态谎言。自然五月辨识不了。比如，关于真武路21号，这栋红砖别墅的来由。五月通过阿德的东鳞西爪但刻画重点的介绍，不断刷新着对老别墅人家的敬仰。菇窝村的小苔花，在城乡现实的落差中，在不断蚕扩的、辉煌历史的边界中，对真武路21号的城里人家，沉淀着深深的敬畏之情。阿德的日晕般的背光，渐渐遮蔽了山货客"北斗星"的光芒；五月永远也听不到真实的老声音，它说的是——真武路的主人及主人的后人都在海外。阿德的岳父原是屋里的下人——和主人有点远亲关系的能干下人。实际是临解放，受托留下看顾房子的人。解放后，住在这栋别墅里的还有两户人家。六七十年代一个秋末的剧烈台风，刮塌了房子的西面，二楼整个小阳台都垮掉了。两户人家是陆续搬迁了。后来，二楼的住户回头把二楼屋子修缮了一通，开始对外出租。据说他们父母辈也是别墅的下人，也是那种带着一点点远房血缘的下人。反正守据者，彼此冷漠，谁也没有产权归属期待，而海外那些人，因为繁衍的根系日益庞大，权利人几何级增长，谁都有一小口，结果，反而无人漂洋过海来行使权利，实际也是主张不动了。所以，真武路21号，被海外默认了管理人的实际占有的模式。

这些，五月自然不懂。在五月眼里，这就是阿德的家。

五月认识阿德之前，海外关系已经渐渐风光起来。它不再是令人鄙薄难堪的存在。一点儿海外信息，一块走私电子表，都会引人暗暗羡慕，引发富裕的联想。阿德的妻子宝玲不是意外早死，也许也和她妹妹宝红去了香港发展，那阿德就是真正有海外关系的人了，后来也可以正大光明地去参加骊州政府的侨属侨眷新年茶话会。还有，还有很重要的一点，如果宝玲死后，阿德接受小姨子宝红的求爱，那么，他依然可以坐拥海外关系；当然，也可能宝红终于求婚成功，和阿德在真武路21号继续过着小日子，那她就不会负气，带着阿德宝玲的儿子去香港投奔堂哥了。

宝红比宝玲小七岁。姐妹俩和父母一直住在真武路

21号一楼。在部队因伤提早复员的阿德,经人介绍出现在这栋破旧的小红砖别墅时,十几岁情窦初开的宝红一眼就迷上了阿德。随着宝红慢慢长大长开,走出去渐渐蜂舞蝶追,对男伴们也开始颐指气使,但是,面对姐夫,面对一本正经几乎严厉的阿德,她总是手足无措,言行莫名其妙。相比姐姐宝玲的干瘦严肃神情寡淡,宝红风华蓬勃、忽冷忽热的眉眼间,动荡着浓烈性感。阿德偏偏就是看她烦。很长一段时间,他都用"你家神经病"来指代小姨子。

公允地说,即使以九十年代的标准回看,阿德当年依然算得上是周正美男。骊州的男人普遍偏矮,而阿德高。在同龄人里,总是鹤立鸡群。据说当年,阿德陪着他同学去征兵办报名,一个带兵的忽然踱过来,问他愿不愿意去北京当兵。阿德说,我还没有满十八岁。我是陪他来玩的。那个带兵的,笑眯眯地上下打量着阿德。阿德一只眼睛如杏仁,一只眼睛如豆荚。不太对称,但带兵的估计随着少年的眼皮发育,最终会大小一致的。反正,它们看上去都那么黑亮俊美。带兵的一边打量阿德,一边告诉他去北京的诸种好。关于这点,还有一个说法是,阿德的亲戚当时在人武部,所以,有关系的阿德是走后门，才被带兵的破格带走的。不过，年龄真假不说，阿德的身高、阿德的清俊，是明摆的。一米八三，虽然体重偏轻，到部队后，很快就补上去了。

这段人生辉煌的历史开端，阿德说起来，总是难掩得色。他告诉五月：实际上，就是到五八年底，到那年的十二月三十一日，我还没有满十七岁生日呢——比你现在还小。带兵的后来一路跟到我家，就是要我。他对我父母说，他这几天到处挑条件好的兵，挑来挑去也没挑到几个像样的，正好看到你们家儿子，他很符合我们的要求，所以，我们想破格带他走。我父母高兴得一直搓手，又用胳膊肘暗暗互相碰触，确认天上掉馅饼的那种感觉。我母亲本来个子高得一直嫁不出去，谁能想到，这样一个次品女人还能生出万里挑一的儿子。北京要他啊！父亲用力一拍大腿，光荣！

阿德就去北京开始了光荣岁月。在骊州，至少在中山路一带，五八年那年，阿德就像明星一样，成为当地征兵季轰动一方的传说。北上进京，他去了中央警卫队派生出来的仪仗营。隔年的秋天，阿德在赫鲁晓夫来访的欢迎仪式上，以其优秀的礼宾表现立了功。小喜报是骊州人武部敲锣打鼓送到阿德家的。更是全城轰动。

如果不是训练意外,阿德说,我不会在一九六二年退伍。以我当年的优秀,现在,我肯定在北京,至少是个校官。那样,老五啊,你就永远也不会认识我——除非你去我家当保姆,不过我肯定有勤务兵的。

五月望着阿德,迷离的眼眉,就像是阳光晃眼,而不是崇敬。阿德不满意这个迷离的神态,阿德说,你知道赫鲁晓夫吗?果然,五月摇头。

问题就在这里。阿德说,你父亲不是乡村教师?阿德追问,赫鲁晓夫——赫、鲁、晓、夫?

五月不敢瞎编。

阿德厉声叹气:——过去的苏联最高领导人!

五月大睁的眼睛里反映她的无知,也反映着阿德的肃穆与遗憾。阿德看上去是恼火透了:刚刚解体的苏联——苏联——你应该懂吧?赫鲁晓夫就是原苏联的最高领导人。像国家主席,国王这样的。

噢,五月说,那他长什么样?

五月这个问题,让阿德转嗔为喜,他兴奋了:矮胖,秃顶,右眼底下有个绿豆大肉痣。这儿。

你看得那么清楚……

他要从我面前走过嘛。我们一百五十多人笔直挺立，对他行注目礼，不亢不卑的。嗬！中国军人的军姿，刀切一样的步伐。阿德站起来，凝固了一个抬腿摆臂的动作，尤其那个一扭脸的敬礼动作，把五月震撼得脑子一片空白。她甚至搞不清这是什么情况。阿德说，我们的潇洒整齐的礼宾动作，把那胖子看傻了。

五月也看傻了。这是城里人的父亲啊。父亲就是这样的啊。五月撮圆的嘴巴，就像一圈螺母，也像是嘴圆腮鼓的觅食金鱼。一张茫然的金鱼脸，这才是五月的崇拜显形。严肃的阿德笑了，但这些笑意，一如既往地含蓄。阿德的胡须正在花白，他总是把胡须刮得一干二净。这样一张干净利索的脸上，要隐藏一份舒心，还是不容易的。但是，粗心的五月，还不能敏感地辨析阿德的情绪变化，她一直觉得阿德很严肃，如果不是他举止温柔、细腻贴心，五月会更加敬畏后退。但是，阿德宽厚温和的举止，缓冲了他的严厉表情，给了五月同居相伴的信心。

十二

脊柱侧弯的矫正训练,一开始的一个多月算是磨合期,非常不顺利。农村孩子的娇气,让阿德意外而厌恶。但是,两个月后,随着一老一小彼此认识的加深、情谊的深入,它渐渐成为共同生活的重点,甚至是幸福的小阶梯。阿德自豪地想起了一个说法:女人是男人的一根肋骨。是的,男人就是可以制造一个女人。阿德拿出了超人的意志,全力以赴在修正上帝的错误。他立志创造一个好的女人。

对于五月这个又懒又笨的女孩来说,万事开头难,万事处处难。脊柱矫正只是万事中的一事。阿背说得没错:城里最是万事难。你看,洗头工手指的力道轻重,掏耳朵的棉签怎么才最舒适;辨认一座陌生城里蛛网一样的路；辨认城里人的真心或假笑；保持鼻腔没有鼻涕；学习收银及顺势推销优惠卡技巧；背熟足部穴位反射区；走上街有城里人的自然的不屑气派；怎么打败老是当面损人的那个大专文凭的技师招娣……到处都需要用心，需要心机与谋略，学习与积累。五月的天性里，本来就有虎头蛇尾的惰性，好在有凡事认真、行事坚毅的阿德，在她万事开头难的命运中替她掌舵。尤其是，在她万事难中之最的脊柱侧弯纠正上，给予了最有力的督促。不过，对五月来说，先不说脊柱侧弯矫正的难，首先融入真武路21号、接受阿德这个人本身的难，就不亚于后面的脊柱纠偏。十几年后，长大的五月在骊州妇幼医院的顶楼天台俯瞰骊州时，闪过一个念头：真武路21号，就像进入骊州的一个红砖老门岗。五月忽然意识到：她好像从来没有被允许进入过骊州。十几年来，她只是在和黑龙城的破门卫打交道。

五月负气搬出工程厂东方之珠员工宿舍的那天，正是她十七岁生日。从小到大，她和田鼠哥哥们，别说生日过法，连生日的想法都没有。一年三百六十五天里，特别的日子越多，说明你过得越好。来到骊州不久，五月就从丝丝美老板娘那里，第一次领会到，原来一个人在一年中该有个专属自己的好日子。那个日子，有花边、有贺卡，有礼物包围着。而那个日子，不能按菇窝村人的农历、阴历来过，它是用城里人的公历、阳历来纪念的。在城里，你用农历时间，那是非常土气的，一听就是个乡巴佬。农历五月十一出生的五月，一下就查出了自己阳历生日是六月二十日。当时，五月羡慕地听着火鸡老婆抱怨华侨酒店生日蛋糕的华而不实，傻傻地梦想山货客也能给她生日礼物，还有一束花呀一个钱包啊，就像火鸡给他老婆做的那样。但是，那个独属自己的日子来到时，她却是抱着铺盖和时髦低劣的牛仔大包，空落落地走在寻往真武路21号的路上。她的方位感不好，一直找不到阿德之前带她走进的极窄的巷子——只要到那里，她就认得路。但她忘了巷子的名字。被问路的人说，这样小的巷子，这一带多了！迷茫间，五月忽然就自我哀怜起来：今天我生日啊。她流出了感伤的泪水，觉得自己有了城里人的幸福哀愁。

走近阿德家院子的时候，五月一脸油汗，满脸通红。额前长发丝丝缕缕，粘在脑门上。吃过午饭，在竹躺椅上看报纸的阿德，看到院子门口走进一个人，竟然一时没有想到是五月。站在院子里的五月，大声叫喊

"阿背"的时候，阿德没有吭气。他有点不高兴。他当然看出来，五月要搬过来住的意思，他也记得他真心邀请她过来住，而且夸口允诺不收她房租。但是，五月这么突然鲁莽地出现在他家院子里的时候，阿德就隐隐地闷闷不乐。

阿德放下报纸，依然不出声地从躺椅上起来，走了出去。

怎么不打电话？

呵呵，没事。

怎么没事？你就不怕我不在家？

五月笑嘻嘻的：我就知道你会在呀。

五月没有注意到阿德的脸上没有笑容，她只注意到阿德的脖颈好像更长了。比鹅脖子还挺，整个人看起来有直上云霄的神气。她还注意到了阿德的语气礼貌低沉，就像那天晚上，让人有依靠感。阿德接过了五月的铺盖卷走在前面。五月跟得很亢奋，说，今天我生日！阿背！

阿德回头看了她一眼，说，你还是要学会先打电话。

你不在，我就在这儿等啊。没关系的。

有关系。阿德说，到人家家，要事先打电话。这是礼貌。这儿不是乡下。

五月在阿德背后,缩了缩肩头,转瞬又开开心心地说,嘻!我才不浪费打电话的钱,我反正要过来的。一样的。

不一样。阿德说。

没差了。反正阿背退休了,又不要上班。阿背不在我等等就好啦。我今天下午五点半才上班。不耽误事的。

阿德不再理她。五月的自说自话中,阿德听出女孩没有及时擤掉鼻涕而带出的鼻音,有那么一瞬间,阿德后悔自己在那个见义勇为的晚上信口开河。

但是,五月洗完澡出来,阿德又觉得,收留这个女孩,也是人之常情。五月穿着长及脚面的泡泡纱宽袍,是外贸退单的便宜袍子。白袍加身、湿发如墨的五月如水仙出水,看起来天真干净。五月洗头洗澡的时候,阿德为她做了生日面,有两个太平煎蛋。五月坐在桌前哧溜哧溜、吧唧吧嗒吃面时,阿德拿了一条干毛巾,垫放在五月的肩头,隔住了五月滴水的湿发。之后,阿德去清理湿拉拉的卫生间地板,一一捡光地上五月的长发。

吃饱的五月,打了个心满意足的饱嗝,她舒展着干净惬意的身体,踱到躺椅边抄起阿德看一半的报纸。只是无聊，也是她意识不到的外交姿态。平时她并不看报，有些字也认不出来，而且，读得懂她也未必喜欢看。所以，翻着报纸，她只是把阿德用红笔划红框的标题看了一下，比如"我国与格鲁吉亚建交""明确社会主义市场经济体制提法""上海股票市场全面开放"，这些她毫无兴趣。清理完卫生间的阿德，瞥见五月在翻报纸，便洗了手，很快又把餐桌上的脏筷子、面碗、煎蛋盘子等收拾了。洗碗、擦灶的时候，他叫五月把盐瓶子放回灶台，因为五月觉得面条太淡从灶台拿过去的。不知怎么的，五月脚下一滑，把整个盐瓶摔破了，白色的盐巴撒满了花砖地，看不清楚，但踩上去都是盐。

大约是住了两周之后，阿德跟五月谈心了。谈得五月灰溜溜的，谈得五月想搬出去了。但是，东方之珠谁都知道她住舅舅家的别墅了，再说，天下哪里还有这样吃住不要钱的好地方呢？何况阿德谈的，自然都是为了她好。阿德虽然没有笑容，那些话听起来也都是批评，可是，阿德的口气一直保持平和礼貌。想想看，就是五月亲爹亲妈活着，都不可能这样和气地批评子女吧。

五月灰溜溜地听，也灰溜溜地不断点头，表示要改正。

你的恶习不少。阿德一开始就和风细雨。他始终和风细雨地一一指出五月的毛病,但有时候,他的用词,不是"问题""毛病",他用的词是——恶习。你的恶习:

一、吃饭咀嚼声太响了,只有猪才这么响,这是很不体面的;

二、嘴里有饭菜,吞下去了再讲话;

三、拿筷子,不能把食指直起来,枪筒一样指着人夹菜,不礼貌;

四、夹菜不可以从盘底往上翻拣,只能就近吃盘面上的;

五、上厕所冲马桶,尽量用清洗衣服的剩水,地球缺水,要珍惜水资源;

六、随手关灯,要有节电意识;

七、晚上必须刷牙,才能睡觉;早上也必须刷牙;

八、及时清理鼻涕。别说一个女孩子,就是大男人带着一鼻筒鼻涕说话,也让人瞧不起;

九、洗澡后,要把浴室拖干净,掉地上的头发都要一一捡光,保持整洁干燥;

十、脏衣服要及时洗掉,不能挂一挂又穿出去;袜

子也不能隔天放放又穿,这样不讲究卫生,不自重;

十一、抽屉、柜子取完东西,随手关上,不可以半开着就走,做事要有后手;

十二、用指甲剪剪指甲,下面垫报纸接指甲;绝对不许用牙咬,那是低贱相(五月辩解,我左手不会剪右手啊);

十三、不要在厕所磨蹭,无论大小,十分钟以内,必须完毕。部队里上厕所,小的一分钟,大的三分钟。我给你十分钟;

十四、生活、学习用品,用完必须随手复位。

……

……

问题或恶习那么多,五月的脸上红一阵,白一阵。阿德视若无睹。阿德循循善诱、不动声色的温和神态,镇定着五月,让她感到"问题"或"恶习"也不是那么严重,并不是那么糟糕无救。可以认为,就是城里和乡下规矩不太一样,菇窝村和骊州城的习惯不一样。但是,在后一次谈话中,五月以菇窝村没有那么多的讲究为自己开脱时,阿德便尖刻无情地说,老五,你父亲肯定不是民办老师!

五月哭了起来。哭声来得挺突然，眼泪中哭诉也挺刺耳：……死了嘛……早都死了……阿德有点尴尬。五月在呜呜噎噎的哭泣中，鼻涕吹泡、眼泪滂沱，让有洁癖的阿德厌恶。他们一老一小都分不清楚，这悲伤的哭泣为谁而来，是为亲人已去的孤单，还是对冷酷局面的憎恨。

阿德拍了拍她就走开了。五月从掩面的指缝中，看到阿德去书房练毛笔字了。五月不喜欢去那个房间，因为阿德练在旧报纸上的墨汁，散发出蔡正月、蔡十一解放鞋的味道。阿德觉得什么味道也没有。你硬说有，那就是墨香了。阿德说，你看，我两面都写满了，不仅练了书法，又没有浪费报纸，而且，报纸还变重了。废报纸一斤两毛八，我的旧报纸因为有墨宝啊，自然比别人重。那么说话的阿德，笑得神清气爽，充满掌握人生诀窍的惬意。阿德的这些文化气息，让五月既不甘又崇敬。

以后你也每天练两张。字如其人啊。阿德说，毛笔字练好了，什么钢笔字、圆珠笔字都好了。五月经常觉得阿德很挤压人，他就像这个古旧盥洗室里高高在上的、抽水马桶的水箱，一不小心就冲泻下来。但是，五月又总是很快被阿德的气势驯服:是啊,阿德什么都懂。住在这栋古老房子的、傲气干净的骊州人,和至死都挂着两条鼻涕的乡下老爸不一样。

十三

对于信任的人,阿德会说,我就是毁于(苦在)少年得志。虽然阿德的语气是检讨性的、反思性的,但是,连五月都听出了他深沉的语调中,内心无与伦比的骄傲。得了多大的志呢,说起来也不是那么大,但认真想想吧,好像也不能算它小。毕竟,他是见过外国元首的。

如果阿德提前知道自己的一生中,只有十七到二十一岁的那几年是风华鼎盛,他可能会懊丧失落。但是,在前程无知的前提下,这四年的黄金岁月所激发出的生命之光,好比心中灯笼,一直照耀着他的胸襟和他前行的步履。他有理由信任自己的前程带锦。

三十多年来,他一直保持着脖颈如柱的礼宾仪表,保持着一米八三的身高、八十公斤的体重,保持着自然自信、提臀收腹的挺拔站姿;如果需要,他依然能迈出七十五厘米的步子,脚掌离地二十五厘米,每分钟走出一百一十六步。这个,让五月无限崇敬,因为遵照阿德的指示,她亲手弯腰帮他测量过。不仅如此,她也见证了阿德真的能有迎风三十秒钟不眨眼、不流泪的眼睛定力。阿德依然保持着仰面睡眠的习惯:绝不睡枕头,以维护脊骨直正、挺胸挺膝的傲岸身姿。从军四年的金色时光,犹如巨大的灯塔,照耀着阿德一生的生命航船,尽管灯塔之光与航船的距离,已经越来越远。

如果不是训练意外腰椎受伤,风华正茂的阿德怎么也不可能离开风华正茂的仪仗营的。当时他不顾脸面,跪走嚎啕,拒绝复员。但是,他再也没有一根健康有力的脊梁骨,去成就他的壮丽青春了,他受损的腰,已经无法拓展他生命的高原风光。阿德黯然返回家乡。由于他来路不凡,由于立过功,二十出头的他,立刻被上海迁徙来的大型丝绸厂要走。因为"文好"他成了厂办秘书。"文好"就是他在部队做过两次通讯员工作。阿德喜欢读报,会背诵"人的一生应当这样度过",很快成为骊州广播站的通讯员，有时候广播站会播出他和记者合作的报道。这些，在丝绸厂的行政楼里，甚至更大范围，让阿德有了"才子"名声。何况阿德的身姿是那么卓尔不群。秀外慧中的阿德，为人谨慎谦虚，年少而阅历非凡，并没有丧失他的持重。这都是很受长辈中意的品质。果然，不久，丝绸厂里一骊州籍贯的副厂长，把自己的女儿宝玲介绍给了他。

阿德父母尽管不喜欢阿德像入赘一样，住进真武路21号。但是，宝玲家房子确实大，不住也是浪费，而且，作为厂领导的女婿，阿德在丝绸厂的进步也更容易。所以，这是好姻缘。阿德父母高高兴兴地拿着四元聘金、两斤白砂糖，去真武路21号提了亲。那是六十年代中期的婚事。很多人羡慕。不过，男女当事人比较淡然。对于性，阿德即使没有腰伤，大概也是中看不中用的资质；而宝玲，基本就是时代大批量制造的性退缩、性委顿的混沌姑娘。一朵花儿，从未领略过盛开怒放就含苞枯萎了。她的生命势头，远不及后来长成的妹妹宝红，偏偏阿德又不吃宝红那一套。相反，宝玲夸张的退缩与病态的羞耻，反而让阿德有了几分尊敬。说起来，这样的散淡夫妻，能弄出一个孩子，也是不容易。

在宝红的眼里，放眼矮戳戳的骊州城，姐夫阿德何止是鹤立鸡群，分明就是凤凰与草鸡之别。事实上，丝绸厂的女工们，已婚未婚的，年轻或不太年轻的，都喜欢议论或轻薄两句阿德。但阿德作风严谨，从来目不斜视。阿德可是心里有灯塔照耀的人。

二十岁之后的成年五月，知道了阿德少年得志的"志"，就不再认为阿德前世是一头鹅、一只鸭。他应该是仙鹤。五月崇敬阿德与众不同的脖颈，与众不同的身姿步态。她由衷地敬畏阿德了不起的过去。后来的同居岁月中，五月再陪阿德看阅兵仪式时，阿德眼含热泪，五月也泪水隐约了。换句话说，五月也被那束无形的灯塔之光照耀到了。有一次阿德生日，她送给他一盘录像带。仪仗兵集锦。阿德看得气宇轩昂、泪流满面；五月也由衷地体验到了生命被光耀的绵长喜悦。这份澎湃，无论城里、乡村，都是普通人无法领略意会到的。

阿德的书房不大，书柜也很小，结婚时打的。才子怎么能没有书柜呢？小书柜顶和五月肩膀齐高，上半截是玻璃拉门，看得见里面的书并不多，一本本都包着挂历反面做的白纸书皮，封面是阿德的柳体毛笔字：《十万个为什么》《艳阳天》《青春万岁》《钢铁是怎样炼成的》《世界名人名言录》《沉重的翅膀》《假如给我三天光明》，还有颜真卿、欧阳询的什么字帖。书柜腰下面是木质双开门。五月偷偷打开过，里面都是《八小时以外》《故事会》《读者》杂志和文摘类报纸。里面的杂志报纸，虽然发黄，但都是阿德的藏品。一般的旧报纸都码放在书橱左右地上。用尼龙纤维绳扎住的，都是练过毛笔字的废旧报纸。废品行情好，马上就提出去卖了。没有扎过的，就是随时取用练字的干净报纸。

　　五月第一次去拜访的时候，参观过这个书房；五月正式入住的第三天，阿德带她在书房高尚聊天。他给她念了一段，要说背诵也可以，因为阿德只对那本书垂下眼皮两三次，基本都是背诵下来的：

　　　　人最宝贵的是生命。生命每个人只有一次。人的一生应当这样度过：当回忆往事的时候，他不会因为虚度年华而悔恨，也不会因为碌碌无为而羞愧；在临死的时候，他能够说："我的整个生命和全部精力，都已经献给了世界上最壮丽的事业——为人类的解放而斗争。"

阿德把包着白纸皮的书递给五月,看过吗?保尔·柯察金。

五月假装专注翻书,没有听见阿德的话。阿德说,你平时看什么书?五月答不上来。阿德说:这是人生必读书。你不可能没有吧?

她觉得阿德是故意的。五月的脸因为难堪,因为阿德居高临下的挤压,涨得通红。他就是那个可憎的抽水马桶上的老水箱。

你父母平时看什么书?阿德说。

——都死了嘛他们,不是跟你说过。

你家总有一两本其他什么书吧。

五月低头翻书。

一本都没有了?

我不知道。五月说,书都被我哥哥丢光了。我只看过《万年历》。

阿德哈哈大笑。马上,阿德转换了频道,他的嘲弄很放肆:书中自有黄金屋,书中自有颜如玉。呵呵,万年历里有时间。

五月听不懂,只能低头继续翻书。阿德拍了拍五月沮丧的肩头:这句话是告诉我们,读书的人,才有分量。阿德把五月手上的《钢铁是怎样炼成的》轻轻抽了回去,把《世界名人名言录》放在了五月手里。从明天起,这个,你每天看一页,然后把它背下来。我会抽考你的。

五月潦草地翻着《世界名人名言录》,心里烦躁而恐惧。阿德拿过书,翻着念:

> 如果不想在世界上虚度一生,那就要学习一辈子。俄,高尔基。
> 我对事的抱负和理想,是以真为开始,以善为历程,以美为最终目标。古罗马,西塞罗。
> 年老不足羡,道德才可嘉。德,席勒。
> 道德能填补智慧,智慧不能填补道德缺陷。意,但丁。

怎么样?不用自卑,阿德说,近朱者赤。不出半年,你的素质会提高的。

五月笑了笑,但是,她心里已经有了哭声。每当这个时候,每当阿德循循善诱、诲人不倦的时候,她心里总是充满敬畏与厌恨。

这个时候,阿德还不知道五月的脊梁骨正在弯曲。那个时候的五月,也从来没有想到,有一天,她会向阿德承认,她正在变成一只扁壳蜗牛。那个时候,关于骊州的梦想,依然比较浪漫天真,也像个简单的土特产:碰见山货客,完成约定,结个婚,生个孩子,坐好月子,换一副好身架。

说起来,五月确实是个五月春风般的女孩。这是一个万物生长的好土壤。在骊州的前些年,阿德力所能及地给她看了最好的精神标杆,推助她远眺过模糊但高蹈的生命壮丽线条。此外,尽管她做着收银员工作,尽管阿德身体力行地影响她,说明一分钱难死英雄汉的财务自由的可贵,但是,五月一直没有掌握好钱财的积累与控制的技术与经验,甚至后来顺水推舟地客串暗娼,她似乎依然不能准确认识钱财的管理与运用。不过那时,做收银员的五月,已经能像阿德一样,把一沓钱拦腰一折,两个拇指花式配合,利利索索地数钱了。

十四

踩滑了一粒杨梅核,一条命就没了。知道真武路21号女主人是这样的死法,五月吓到了——她一想到就惴惴不安,心里空落落的。宝玲那时三十出头,端着一碗地瓜稀饭,忽然就滑倒了,踩到的杨梅核,让她失衡后仰,她就那样仰面倒地,后脑勺的血流了那么多出来,和地瓜稀饭交融了。听起来,那后脑勺就像一颗蛋摔在地上,破了就没了。宝玲倒地的位置,就在脚边这块兰花图案的、有裂缝的老花砖地,在餐桌和灶台之间,血迹应该就是餐椅边这一带。五月偷偷地想象着,心里弥漫着恐惧。在菇窝村,那么年轻,那样的死法,算是暴死横死了。这样的人,是不能回家安葬的,比如,她母亲。好在真武路女主人的那一切,都发生在几十年前。

那时，世界上都还没有我呢。五月自我开释，以为能获得什么谅解，但五月没有给自己带来多少宽慰。她反而领悟了自己为什么在那个大太阳日的光阴里，一进这个屋子，心里就是有点空荡荡的不安。她那双按照农村人说的天眼，虽然关闭了，但身体还是敏感的。即便在她身后，随便一阵阴风小过，她衣服里的后背汗毛都会像芦苇一样倒动。一开始，她跟阿德咕哝过，说有点害怕呀。那时候，阿德正在嫌恶楼上广告公司年轻人的吵。五月偏喜欢上面的人声，越喧腾越安心。你怕什么？阿德问。五月像不敢惊动什么似的，伸着脖子，做了个口型。

阿德一眼看出那口型是个"鬼"。

迷信！阿德吼起来：一脑子迷信！封建迷信！！

看得出阿德真的很不高兴。他的确讨厌这些愚蠢落后的农村思维。五月就不敢再说什么了，直到那天晚上，半夜突然灯亮。她是三点多莫名醒来，竟然一屋子雪亮，明明睡前熄了灯啊。可是，现在，桌上的长蚌壳型的简易台灯，自己亮了！五月清楚地记得，她绝对是关了灯睡觉的。因为她怕阿德批评她。刚住下时，因为心虚，她是开灯睡觉的，但是，阿德在外面敲门，命令她熄灯。不准开灯睡觉,阿德说,就是我浪费得起这个电费,开灯睡觉对人的身体也很不好——不健康!

在黑暗中睡去,却被亮灯惊醒,五月困惑惊骇:这台灯,谁开的……就在她直愣愣地盯着青白色光的台灯呆怔之时,台灯忽然又灭了,整个屋子静谧无息,连窗外的蟋蟀、厨房里的灶鸡,都顿时屏声敛气了,五月只听到自己的牙齿嘚嘚的磕碰声,而灯,又自己亮了。黑暗中有一只手,在肆意地开关这盏台灯,高高的天花板显影了灯罩奇怪而巨大的阴影。五月猛地跳起来,抱着毛巾被就往阿德房间蹿。阿德仰睡在他的双人床上,眼睛上蒙着深蓝色手帕折叠出的眼罩。五月莽撞的动静,让他马上就醒了。五月以为他还没醒,直接爬上了床铺,她没有倒下睡觉,而是缩在她以为的这个家最安全的地方,悄声哭了起来。

那个深夜,是个重要的时刻。事后,阿德证明台灯是坏了。他说,之前大白天它也自己亮过。他认为是开关按钮失灵了。就是说,和鬼没有关系。但是,那个晚上之后,五月不想再回自己房间睡,也不太敢去卫生间。住在这里几十年的阿德,闭着眼睛也能走来走去,晚上起夜,靠外面渗进的路灯光就足够了。是因为五月，阿德才给卫生间吊了一个三瓦的小灯条。虽然这是征订报纸送的小礼物，可电要用自己的。阿德一直没舍得用，不过，五月觉得那个三瓦灯条，灰灰的光线一样很瘆人，而且还能照出厅里那个照片上的老家伙盯视她的严厉目光。五月想换个大灯泡。阿德觉得这乡下孩子非常不懂事。五月又请求开灯睡，阿德一口拒绝。说了褪黑素、松果体什么的一大堆科学道理，总之就是开灯睡伤害人体。所以，五月没有办法。

"闹鬼"的第二天晚上，五月一直在阿德房间里，先是好奇心蓬勃地询问阿德仪仗队的往事（阿德已经说很多遍了，五月早已经听腻了，但阿德总是兴致勃勃），阿德很开心五月询问，每一次回忆都有新的人生总结和感悟。但阿德是十点四十准时睡觉的人。五月说我想在躺椅上再看一会儿书。我很轻很轻。阿德同意。反正他睡觉都要用深蓝色的大手帕，叠好盖在眼睛上，所以他不怕光。这也是节省电费的好行为，照明和微风小吊扇都省了。所以，阿德同意只要五月不出声，就可以在屋子里稍微看一会儿书。五月拿着《世界名人名言录》，看两行就困了，但是，一想到要回自己的屋子，她马上一脑门惊凉。她努力低声念诵：

无论是人类还是民族，没有崇高的理想，就不能生存。俄，陀思妥耶夫斯基。

知人者智自知者明。中，老子。

一个人在他生命的盛年，只知道吃喝睡，他还算是个什么东西？英，莎士比亚。

阿德喝责——蓝手帕下，他依然纹丝不动——只知道吃吃睡睡，不是吃、喝、睡！

差不多嘛。五月说。

一个是乡下女孩，一个是世界名人——你说差不多就差不多？！

五月不敢让阿德生气，继续悄声念：

一切成败得失都在于我们自己，我们却往往诿之天意。英，莎士比亚。

"诿"字的意思和读音，阿德上次就让五月查过新华字典了。"鬼"开灯后的第一个晚上，她就抱着书在阿德屋子里的旧躺椅上睡着了。天快亮时，五月突然醒了，立刻偷偷溜回自己房间。她以为阿德不知道。

第二个晚上，洗漱干净的五月，又在阿德房间认真读书。

阿德当然知道五月的小心思，但阿德不乐意。首先他觉得乡下人迷信太荒唐，没必要理睬迁就，但是，赶她回屋，到底不好意思，所以，他就假装不知道五月在躺椅上睡觉。而躺椅睡多了，五月本来就不算正常的腰，自然不舒服，所以，根本不必等到五月扶腰捶背唉声叹气，阿德就知道那持久不了的。所以，阿德也就直截了当地大声说自己的腰不好，仰睡惯了，必须睡大床，受不得挤。

五月觉得阿德很自私很坏。他纹丝不动的睡姿，起码浪费了床铺一大半。她想回东方之珠集体宿舍，又拉不下那个自尊心。现在，全东方之珠的人都知道，五月住在骊州的老别墅里。他们都知道，那栋别墅里有进口的抽水马桶、自动电话、各种香港电器。五月沾沾自喜地添油加醋，甚至把电影录像里的港台新奇东西统统放进真武路21号：哎我家有！这个我家也有！在真武路，那个叫五月的收银员就是饭来张口、衣来伸手的小公主。是的，阿德宠她如掌上明珠。东方之珠的同事们，又怀疑又嫉妒,但都不敢小看她了。五月觉得,在那些技师服务生们眼里,她就是城里人!她和这些外来妹外来弟们,当然不一样。即便整个骊州的老百姓,又有几个人家有别墅的?!真武路的好处,谁也忽略不了。再说,她真的外出租房,即使有人合租,那也是一大笔钱没有了。而住在这里,白吃白喝白住,洁癖变态的阿德还时不时帮她洗衣服。他就是管得宽一点儿,自私小气一点儿,其他也都还好。半夜灯亮惊悚之夜后的第二天起,五月就一直偷瞄阿德表情,她看出阿德严肃地板着脸,不知道他是不是不高兴。阿德的脸,一直是严肃的。那条威严挺直的讨人厌的脖子,使他好像总是居高临下。五月心里没有底。她小心翼翼来着。

五月还是厚着脸皮在阿德房间刻苦读书。她会说,合用一个电灯最环保啦。还有就是——我最爱听阿背讲过去的事。我们东方之珠那些人,屁都不懂。这些,都是阿德的软肋。阿德就默许了五月待在他的房间里磨蹭。要承认,有时,他真不知道那个孩子几点回自己房间睡的。

知道阿德还没有睡,五月就一字一句出声读诵:

只有每天奋斗的人,才配享受自由和人生。法,歌德。

人生不是一种享受,而是一桩十分沉重的工作。俄,列夫·托尔斯泰。

正像一个年轻的老婆,不愿意搂抱年老的丈夫,幸运女神,也不搂抱那些迟疑不决、懒惰、相信命运的懦夫。印度,五卷书。

人人都有惊人的潜力,要相信你自己的力量与青春,要不断告诫自己:万事全赖在我!法,纪德。

阿德不睡的时候,会严肃提问,帮助五月理解记忆。这些名言,五月都似懂非懂;阿德的讲解,有时候更加莫名其妙。对五月来说,说名言的这些人,名字都奇怪而难记。阿德说,再难你都必须记住他们,不然你就没有出处,就不是名人名言了。五月往往被这些鬼画符一样的名字,绕得头昏脑涨,困乏得不行。终于看到把折成条的蓝手帕搭在眼睛上的阿德,像是熟睡时——阿德从不打呼噜,不是太好判断他的睡眠——五月便轻轻放下书,小心控制住旧躺椅不发出任何声息。她蹑手蹑脚地,终于还是偷偷爬上阿德床尾。她以为没有惊动阿德。阿德只是一动不动罢了。几分钟后，阿德一声怒喝——怒喝也没有掀掉蓝手帕眼罩——刷牙去！吓得五月连忙下床，扑向卫生间。刷牙完，五月只好抹着眼泪，心惊胆颤地回到了自己房间睡觉。

她反复偷看那盏台灯有没有自己再亮起来。一想到屋子里忽然大放光芒，她就惊恐地打抖。这种寒战，就像在菇窝村打摆子，根本控制不住。尽管熬到天亮，一起来餐桌上总有阿德为她准备好的豆浆、油条、咸蛋、稀饭，这又让她恐惧顿消，但是，一到晚上刷牙，她还是开始怀念工程厂集体宿舍的宽心喧闹。

就在她几乎下定决心搬走时，阿德忽然租了两盘香港录像带《驱鬼警察》《捉鬼大师》回来。还有一包嘉应子和两包鱼皮花生。阿德说，为了破除迷信，必须对她进行教育。吃东西！看片子！那个转折点，让五月比过生日还要惊喜兴奋。她最大的快乐就是吃零嘴不停、看影碟不断，以前在东方之珠的轮休日，她和同事看过通宵录像带。

但鬼片吓得五月停止进食，惊悚处掩面藏脸。阿德把她的手一把挡开，抓住她手腕控制她不许再掩上：都是假的！阿德的声音威严有力：假的！世上没有鬼，只有人想象的鬼。给我睁开眼睛!看看那些演戏的假鬼!摄影机就在旁边!!

当夜刷完牙,五月就抱着自己的枕头,低声下气站在阿德的旧躺椅前。阿德也不用拿开遮光蓝手帕,浓重的片仔癀珍珠霜的气息已经横亘在鼻息前。显然这是一个正式的请求,五月也做好应对阿德拒绝的说辞:是你让我看鬼片的,我还没有被教育好。我更害怕了。

这一夜也是个历史性时刻,从此,五月顺理地挤占了阿德的大床。她之前所言,肯定不会挤到阿背的腰,声称自己只要条凳那么窄的地方就可以睡了。事实上,阿德发现,她熟睡的时候,都是胳膊折腕于胸前,缩腿蜷着,像倒下的螳螂,也像睡在子宫中的婴儿;她占的床位,远比条凳面积大,而且,胳膊肘尖很容易撞到阿德,令阿德不快。但是,这一夜之后,一老一小的业余生活,不只读书写字背诵名人名言,录像带播映越来越多。阿德立志要帮助五月破除封建迷信,彻底脱离农村愚昧趣味,租回来的片子,十有八九都是鬼片。阿德说,这不是鬼片,是脱敏药。所谓脱敏治疗、以毒攻毒,而五月正好也非常爱"吃这个药",越怕越看,越看越怕。适得其反的是,五月从此坚定不移地睡在阿德身边;阿德也随之加大疗程:《僵尸家族》《猛鬼差馆》《尸家重地》。五月迟早要做噩梦的。在接受五月梦魇的惊恐尖叫的拥抱中,坐怀不乱的阿德重大的收获是,发现了五月身体的异常。严格说,和五月的自首有关。被安全感护卫的五月,就像对阿杜说话那样,极尽夸张。她承认自己会变成一只扁壳蜗牛。

这个缘起,才有了关于五月脊柱侧弯的真武路民间初检,才有了金色丁字裤的现形(尽管五月一直辩称她是第一次穿着玩),也才有了阿德带五月去医院拍片,去中医院确诊,才有了单杠按摩一系列身体矫正的严格训练。这是一个重要的转折点,是他们下一个人生急转弯的重要一折。

但这也是顺理成章的事态进程。直到那一天,不一样的事情发生了。那个时候,大约是五月住进真武路21号不到四个月,也是他们破除迷信的以毒攻毒疗程一个半月之后。天凉了,那天,正是一阵秋雨一阵凉。真武路21号的整个院子,枯叶飘飞,丝瓜藤蔓都在枯萎中。这样的气候,就像道路急转弯前的萧瑟长坡。

那个晚上,五月与阿德一夜无眠。五月第一次看到,阿德的嘴角堆积起愤怒肮脏的白沫。看起来很恶心。合伙的和谐生活,就在那个夜晚,被粉碎了或者说更换了轨道。即使十多年后,天增岁月人增智,丰富了人生阅历的五月,还是天真地认定,如果她的日子,扣除那一天,就像在玉米棒中挑出那颗坏玉米粒,她的一切一定不同了。

十五

八十年代末的菇窝村,和一千年前的菇窝村一样吧,如果那时候有村庄的话。所有的新东西,都是木匠、裁缝、货郎流动带进来的。山货客带来了最了不起的东西:他给菇窝村带来的是酒心巧克力。那些有着金鱼尾巴包装的各色巧克力糖,令所有的孩子大人目瞪口呆。宗祠大门口的阳光,打在山货客烟牙上。他哈哈笑着,洋溢着来自远方的自在与富足。五月和其他孩子,都不记得山货客为什么大笑,他们只记得小香港的糖,好吃得令人呆怔。孩子们小心翼翼地打开金鱼尾巴的玻璃纸,小心翼翼地舐舔,因为极度舍不得,舐尝后又反复包起。舐尝的时候,孩子们不能呼吸,不能说话,连眼珠子都停滞了。那是令菇窝村窒息的巅峰时刻。一条条小舌头上，带着舔下的棕色糖汁，他们惊喜而警惕地凝视着手里剥开一角的酒心巧克力，他们难以置信城里有这么好吃的东西。每人只有一颗，分到粉色的，沉默地羡慕别人手里湖蓝色的；分到奶黄色的，沉默地眼红别人淡紫色的；绿色和雪花色的，也非常吸引人。他们沉默地伸出求助之手：借我看看，让我摸摸你的。

山货客的徒弟，在祠堂前的空地上，清点各种簸箕、竹篮盛来的干红菇。收下的货，在另一边排放，已经摆放了二三十包了。其间，人们会不断听到山货客夸张地嚎叫：天王老子啊，金官婶，你的菇泥脚太大啦！——蔡富贵蔡富贵！你他妈的包了多少层啊！草纸当红菇卖啊！那个叫蔡富贵的人笑嘻嘻地回嘴说，你又不是不知道，跑了香气，吃亏的还不是你自己?！

那一年的红菇品质非常好。山货客过秤一个，幸福地哀嚎一个。大家都非常开心。和美丽的红菇、和金鱼尾巴的巧克力相比，卖菇村民带着黑泥的肮脏指甲、粗粝干硬的变形手指，反衬着生活的艰辛与甜美。那些分到酒心巧克力的孩子，都是家里有红菇的人，也就是来交易的人家。只有五月家没有，因为家里唯一能进山找红菇的人，她的母亲，已经摔死了。但是，山货客还是给了她一颗粉色的金鱼酒心巧克力，又把剩下的最后一颗雪花色的，连盒子一起送给了她。

一年有两季的收红菇日，端午节与中元节前后。等到中元节后山货客再来时，田鼠兄弟也拿出了两斤多红菇。老大是凭记忆，带着弟弟找到母亲曾经带他去过的地方找菇。虽然叫菇窝村，但绝不是红菇遍地，而是那里的红菇品质特别好。而每一个勤劳的村民，都有自己发现、秘不示人的某个秘密地方。红菇就是这样，能长的地方，年年生，不长的地方，年年无。山里人也猜不透红菇生长的神秘，他们唯一掌握的是，只要这里有，那么，每年这里都有。所以，每个寻菇人，都不会把自己的秘密领地分享给别人。他们总是在凌晨两三点，或者半夜十一二点，就独自出发，带着火把、电筒，悄悄走向自己的深山秘密地带。那些红菇，从来没有长在两个小时脚程以内的地方，都在这以外。走三四个小时，来到自己的秘密领地，也是平常事。因为秘不示人，因为夜半独行，所以，在山里被蛇咬了，摔进山沟或者遭遇野猪，这样的糟糕事发生、要让村里人知道，都是消息滞后多日了。所以，找摘红菇是个艰辛至极、孤独危险的活。山货客理解这一点，也可能天性慷慨，收购价豪爽。所以，菇窝村的人就认他，总愿意把最好的菇，留给他。其他收货人，在寂静的村道上大声吆喝"收红菇啰——"，未必有多少人家吱声，有，也往往是询价的人，他们并不说自己家有没有货。而那个驼背如龟、喜欢朗朗大笑的山货客，只要出现在菇窝村，马上，就会有村民把早已准备好的红菇提到祠堂去。大家一路"呜哎——噢哎——"地互相招呼着前进，山货客和徒弟自然就在祠堂前面等着了。这是年度的盛大约会，也是多年的默契。价格也一如既往地公道，有人家卖得高兴了，会竭力留山货客和徒弟吃饭，山货客也从不白吃，也会留半包烟啊鱼皮花生啊什么的。可以说，整个菇窝村，当然，还有隔壁十多个村庄，都是山货客的领地，他的领地随着村民口碑还在慢慢扩大中。一般的外人，贸然进村收购，基本自取其辱，根本搞不赢。确实，山货客的名号，就意味着慷慨公道，哪怕多五分钱，他都要比别的收菇人高。何况，还有给孩子们的小小礼物呢。这样，每一年每一季，山货客的进村收菇，渐渐成了菇窝村的小小节日。

嘴馋的五月，就是通过金鱼尾巴的酒心巧克力，去品尝、去感受、去遐想外面的世界。

端午节的收菇季,没有人知道,五月其实得到了整整一包的酒心巧克力——各色俱全。对于这样一个馋得啃莴苣心蘸酱油也能感到美味的贪吃孩子,酒心巧克力是多么致命的诱惑。一包精美绝伦的玻璃纸小金鱼之后,山货客和五月,都成了彼此深深吸引的人。山货客把五月放在膝头百看不厌的时候,五月耳朵里只有酒心巧克力玻璃纸的美妙喀拉声。五月听不到也听不懂,山货客对豆蔻年华由衷的赞叹与向往,听不到也听不懂她的身体对山货客而言,远远超过了酒心巧克力对她的甜蜜吸引。因为她从来不知道自己的美好。也许菇窝村所有的孩子,都不会认为,自己的身体,比远方的酒心巧克力更贵重。

中元节的那次收货,就成了山货客在菇窝村最后一次收货。山货客以惨重的代价,保护了自己基本安全地脱身。菇窝村的人,尤其是备有红菇的人家,不仅没有损失,而且获得了超高回报,连田鼠兄弟那两斤重量质量平平的货,也得到相当于翻番的回馈。山货客承诺,今后将每年以高于市价的收购价,回报菇窝村。村民们平息了怒气。

五月也不是唯一受损的人。尽管整个村庄都在鄙视这个孩子，他们在因祸得福的好处中，并没有丧失是非观念，就像愤怒与强烈的鄙夷，并不妨碍他们明年新季红菇的高价梦想。小小的五月，也有自己的梦想。她确定自己再过几年，一定会嫁到山货客堆满酒心巧克力的家中。山货客说了，十年之内，发财了一定回来娶你。那时，你也长大可以结婚了。五月相信这句话。小小的女孩，以惊人的勇气，对全村人撒谎：叔叔只是看看我瘦不瘦，叔叔只是摸了摸我。这句致命谎言，是山货客用四万元换来的。两人之间这个天价盟约，既是山货客偷腥脱身的雄才大略，更是小女孩对未来的坚信。五月梦想着自己金鱼尾巴一样的五彩远方，她相信山货客言而有信，必然迎娶她做新娘。所以，小小的孩子，以惊人的胆量，在家狗的陪伴下，在那个深夜，在废弃的旧砖窑里，秘密埋藏了四万元钱。

山货客当然言而无信。等菇窝村最天真简单的人，都识破山货客的谎言，所有的愤怒，就冲着五月爆发了。是啊，没有这个无耻孩子，每年每季，那个慷慨的山货客就会像天使一样光临，他能把菇窝村激动成一个欢乐的节日。是谁破坏了这个好的时光？谁还能让菇窝村回到从前？菇窝村的愤懑怨恨，无可消散。好像一直没有人把对山货客的念想传递出山，而其他收菇客，并不知晓情势变迁，以为菇窝村依旧是自大的特区而绕过。被市场遗忘、受了行情委屈的破梦村民，除了对五月日益炽烈的鄙薄仇恨，就没有其他更好的情绪出口了。

五月离开菇窝村的一周前，她被两个妇女当众甩了耳光，一个妇女丢了粪桶，扯下了五月的裤子。这个举动，让五月惊骇了：有一天，她们会把她全部剥光的。

在另一个月黑风高的半夜，这个女孩取出了破砖窑里的两万元。她把另外两万元依旧埋藏好，带着她的酒心巧克力鱼尾包装纸一般的远方梦想，独自离开了菇窝村。只有家里的狗知道，它一直护送她走了很远很远，直到她忘记身后有狗相送。

十六

对于五月这样的贪吃女孩来说,酒心巧克力,散发着物质世界绮丽的魔光;对于不好甜食的成年人来说,自然不会被酒心巧克力所惑,比如山货客,也比如阿德。尤其对阿德这样见多识广、体验过人生高原风光的人而言,五月本身隐含的魔光,远远超过酒心巧克力,她昭示着另一种金鱼尾巴玻璃纸包装的美好内容。如果说酒心巧克力是城里致乡下的礼物,那么,五月就是老天致人间的问候。也许阿德自己都想不清楚,他为什么主动邀请五月免费借住,为什么对她既严厉又包容。不过,他大部分时候,都欣赏自己的良善心地。在阿德的自我理解中,他看到自己内心洁净如万里长空。帮助一个乡下孩子,不过是举手之劳的助人为乐。他赏析自己的美德,他肯定自己像晴空一样的亮节高风。

阿德不仅坚信自己的乐善好施,更信任自己智慧过人。他纵容自己傲视外界。每次从居委会等基层活动回来,他都感到强烈孤单——那种世人皆醉我独醒的孤独。他是被迫傲视人生的。所以,这样的人,猝然与五月夹衣里的秘密相遇时,自尊心的爆裂感,几乎要了他的老命。

当他在翻晒洗涤五月肮脏牛仔大背包里的夹衣时,当他捏出夹衣下摆和腋窝处的两叠异常物体时,不用拆开,他就猜到了那是什么。阿德狠狠捏揉那两叠异物。那个时候,阿德的额头,已经渗出愤怒的汗水。他毫不迟疑地用剪刀挑头,然后用力撕开了它。没错,钱!两沓钱!两万元!一笔巨款!

夹衣内里毁了,但阿德觉得自己有权撕毁,他完全有权愤怒。一个住在他眼皮底下的小丫头,竟然暗藏着这么多来历不明的钱!一个吃他的、喝他的、睡他的小丫头,居然背地里有这样的混账秘密!

那个秋雨迷离的夜晚,五月在同事伴送下回到真武路21号的时候,是哼着歌儿情绪轻薄地进屋的,甚至阿德叫——蔡五月!她还是继续把歌儿又哼唱了几句,在卫生间里洗手也歌声不停。她执行阿德的规定，进屋先洗手：一个城里人的习惯，正在美好养成。歌声中，五月当然不知道阿德在他卧室的旧躺椅上，已经一脸青黑。

……他说风雨中，这点痛算什么，擦干泪，不要怕，至少我们还有梦——

——蔡、五、月！

五月一步一抖胯地到了阿德房间。她换了城里居家人字拖鞋，一只拖鞋坏了，大拇趾夹脚带脱了出来。也就是说，她一只脚穿着人字拖，一只脚光着，边走边抖着歌曲，趿拉着人字拖鞋，乐哼哼地走进阿德房间。虽然她也听出阿德严厉的古怪语气。但她的情绪没有受到丝毫影响，不过，一进屋，她就被阿德的可怕脸色吓到了。

——跪下！

五月不知所措。她从来没有使用过这个身形动作。

——给我跪下！！

五月把没有修复好的人字拖，扔在地上，跪了下去。

你在东方之珠到底干了什么?！

五月摇头，脸上的困惑与不快，看起来倒也真实。但正蒙受欺骗感之殇的阿德，很蔑视这份愚蠢无辜的表情。

——说真话！！

五月的困惑中，已隐约透出不以为然。

——我必须听到老实话！！！

就是收银，呃……最多一两次嘛，不小心多算来的钱，我留下了……

阿德犀利发红的目光，直瞪瞪地像一把烧红的剑，要把五月劈成两半。他看透小丫头的避重就轻伎俩。

五月越来越不高兴了，自己决定站起来，动了动身子又到底不敢，就顺势撒赖似的坐在地上，表情已经是气呼呼了，反正就是拒绝跪了。这个不甘的表情，再度刺激了阿德，阿德一拍桌子：你！一个年纪小小的女孩子，还真不简单啊！说！给我老实说！在认识我之前，你到底干过什么坏事?！诈骗？非法勾当？你是不是逃到骊州来的?！

五月哇地哭了。阿德变形了的、丑恶的凶脸，超出了她的心理耐受。她觉得他会扑上来掐她脖子。她既难受又厌恶。她撑地站起，想马上离开，离开真武路。离开这个神经病的老家伙！阿德一把拧住了她的肩膀：听着！不讲老实话，谁也救不了你！

五月低着脑袋,心里满腔怨恨:什么事你说嘛阿背。

不见棺材不掉泪?昂!阿德虎虎转身而出,他从五月屋子提出裹着两沓钱的夹衣,使劲掼在五月脚边。

五月一看到这些,傻了。

阿德过度悲愤,嗓音几近嘶哑哆嗦:

——小丫头,难道你还看不出,这么大的骊州城,除了我,谁还愿意像我这样帮你?!我对你,比对我亲儿子还要好!——你的良心给狗吃了吗?!

五月干吞着口水,不敢去拿地上的夹衣。

阿德踩在夹衣上:还要撒谎吗!

没……我……五月耷拉着脑袋,她也不敢看阿德喷着红色火焰的野兽眼睛。

她就那样耷拉着脑袋瓜,一五一十地,带着阿德回到了三四年前的菇窝村,回到那个红菇鲜艳的神秘季节。她避重就轻的陈述,当然没有躲过阿德老狐狸般的犀利。末了,阿德沉声追问了两个问题:

一、那个山货客,只是让你不穿衣服在他膝盖上坐坐,就给你四万?

二、剩下的两万,你藏在哪儿?!

这两个问题,很快就被刨根问底了。五月全面投降。

阿德回到旧躺椅上，嘴唇死灰。他端起保温茶杯，却控制不住从身体里发出的涟漪一样的寒战而喝不成。他的手一直在颤动。沉默好久，他咚地墩下杯子，杯水荡了出来。墩下保温杯，静场了好一会儿，躺椅才开始出现悠闲的、有节律的摇晃。阿德有点缓过来了。是的，一老一小之间的秘密算是被铲除了，至少对阿德来说，她彻底坦白了，这为心无芥蒂的重新共处，大致铺平了道路。阿德基本理解了眼前这个沮丧倒霉的孩子，他决定在她无助彷徨的眼神里，再次树立慷慨援手的好形象。

这钱，你就这样藏在衣服里带来带去？

五月知道这样不对，但她也不知道怎么办。

你以为这儿还是你们乡下？

五月摇头，这儿，她不这么认为。

那你打算怎么办？

五月还是摇头，最后她说，要不然阿背给我一个袋子吧？

——糊涂！阿德斥责：这样太危险了！这里是八九百万人口的骊州！是花花世界——小香港！你还以为是你们偏僻的乡下！

那……我不知道……

存银行。

我……从来没有去过银行。

很简单,带上你的身份证,哦,你的假身份证不行,阿德的躺椅不再摇晃。——绝对不行!老五,你问题大了!你做发廊、做足浴,这些七七八八不正经的行业,人家可不管你有干没干那事,警察一来抓,肯定统统都要进去,你既然早就不是处女,那你又怎么说得清?你是跳到黄河也洗不清了。所以,你的钱,迟早会被没收!

五月吓到了,呆眼看着阿德,又翻眼傻看窗外,那张苍青发绿又憷然无措的小脸,让阿德重拾泰山感:

这样吧,要是你信任我,钱就用我的名字存银行,我来保管。我替你担着。

五月大喜过望,跪下就紧搂阿德的膝头。

阿德松弛下来的脸,恢复了温和的光亮,也恢复干净感的傲气。他已经从刻毒的红眼兽又还原成最亲近可爱的人。五月表达不出内心的安全感与喜悦幸福感,忽然又感激地哭了起来。

阿德说,去洗澡吧。

阿德先睡了。

十七

被部队如获至宝地挑选走的阿德,也并非真是完美无缺的。实际上,他轻微的罗圈腿,还是让带兵的暗藏遗憾。阿德的腿,不能说是修长笔直的,他的确有不算严重的罗圈腿。当他立正的时候,准确说松弛站立的时候,他的膝盖和脚踝之间的小腿段,间隙比普通人大了三指宽。用力靠近,还是可以并拢的,但只是短时间,长时间缺陷就暴露了。训练教官把皮带卡在他的腿缝隙间,要不了多久,皮带就会掉下来,其他队友就会没有表情地偷笑。但是仪仗教官看好了阿德的潜质,给阿德吃了小灶。皮带屡掉之后,阿德每一天睡觉,都像一尾庞大的美人鱼,双腿都是被背包绳紧紧捆束住的,捆得非常紧,就是强迫他双腿保持笔直。这种强力矫正,时间一长自然痛苦万端，几乎要让阿德半夜嚎叫，好在训练实在累得精疲力竭，而阿德对自己，又和班长一样充满着与老天角力的倔强期待。最终，阿德英姿挺拔。阿德就是这样一个人定胜天的活样板。这个结果，让阿德明白，人的身体，是可以人工改变的，只要你想改。

几十年后，阿德就是这样勉励五月的。也正是这样，从一开始，五月的身体改正工作，就充满军令如山的威势。很快，连迟钝的五月也发现，阿德对正确身体的敏感与狂热，异乎常人，一进入矫正，他的眼色、语气、动作，就仿佛进入了一种非人的、魔幻般的偏执感觉里。这个过程中，他面目迷狂严厉，严厉垄断自己的设定目标，他很享受自己的决断与苛刻，享受着令出必行、行必有果的巨大妄想。而年轻的五月，完全不能理解这种冷酷执拗，她觉得老头子有点癫了。

吊单杠，是拉伸弯曲脊柱的重要训练项目。阿德明文规定，一天累计完成六十九分钟，一日至少三次；燕子飞，是增强腰部、背部肌肉的动作，用以减轻脊柱负担。燕子飞看起来动作简单，但实则费劲。就是在床上，肚子着地，双臂向后，四肢抬起。阿德规定，一天必须完成一百个燕子飞，分三组完成。还有游泳，原明文规定是一天一千米，就在人民体育馆游泳池，不过，五月在水里只能很难看地狗刨几下，并非她吹嘘的"在菇窝村河里很会游"，阿德就放弃了。因为，他的腰部也无法支持他当自由泳的教练。这样，五月每天的矫正功课就是六十九分钟拉单杠，牵引脊柱，燕子飞一百个。

阿德为她制作了训练表格，贴在门背后。雷打不动。每天完成了，就去上面打钩。一开始，五月既兴奋又认真，但一周不到，就说很累。但是阿德不理睬她，一样没有表情、用语简洁地执行计划，最后阿德警告：没有完成指标，就不准吃饭！

这对食欲旺盛的女孩来说，是最残忍的惩罚。五月就开始唧唧歪歪地唉声叹气，后来，她真的是练得肌酸骨痛难忍了，只要阿德进屋，或者不在视线里，她就赶紧把自己放下来。阿德发现后，厉声痛责：到底矫正的是谁的身体？到底跟他阿德有什么关系！被斥责的五月，灰溜溜、丧兮兮，也在阿德变态的呵斥中，再次温习了阿德为她好的好心好意。可是，训练痛苦的煎熬，旋即又让她不明事理六亲不认，阿德又算什么东西？狗拿耗子神经病。五月心里充满咒骂。她当然知道训练的重要与必须，但是，真的太痛苦了。腰酸背痛，不单单是侧弯的背部骨头痛，是全身都难受，她觉得她的肺都要碎了。那次一组燕子飞还剩最后七个的时候，五月像癞皮狗一样趴着再也不动了。阿德把鸡毛掸抽打在她背上，五月呜咽：杀了我吧杀了我！求你杀了我……

阿德怒其不争，五月却越哭越大声。阿德摔了鸡毛掸，又开始做开导工作。阿德的忆往昔，让五月得以喘息，五月止哭。三四十年前，阿德辉煌时光里的碎片，就开始在五月耳边闪耀，在癞皮狗一样闭目瘫死的五月听来，它们就像眼冒金星那样新奇而恐怖：

——我们练正步的定位练习，喊一句口令踢一步，比如这样——你看着我！——就这样一个动作可以让你定上三四十分钟，你说——你难还是我们难？！

——头颈挺直训练，我们是脖领上倒插着大头针！你脖子一歪，马上就会被针扎，鲜血直流。练好后，我们头顶一杯水，正步走两百米，一滴都不会洒出来！你以为好看的脖子是天生的啊，人不是鸭子！要练！

——练挺胸抬头，我们是小十字架插在腰里，贴着墙根一站就是三四个小时，三四个小时！身子左右都歪不了。睡觉是一律仰卧，没枕头——你这几下子几分钟又算什么?!

——练不好？练不好就去喂猪！当年蒋金斗就调到猪场喂猪了！我告诉你，老五，我们所有的人都练尿血了，你小便红了吗，没尿血你也配说累?!

——肋骨间隙不拉开，永远就是蜗牛！给我记住，没有人的背是天生直的！

…………

那个时候，五月就想啐阿德。如果还有什么力量能激励她爬起来，那就是这个恶念，一个扑过去咬断阿德那条讨厌的脖子的恶念。焦躁与癫狂、希望与绝望、感激与怨愤、梦想与懈怠，煎熬得五月在训练中，经常会突然性放声大哭。太难受了太难受了太难受了！五月被这个受刑般的矫正宏图，弄得骨肉俱裂不想去上班。她还哭诉说，她头晕脑涨给客人又算错钱了，害她又赔钱了！她说她因为胸闷恶心，已经上错下错两次公交车了。有一天，她倒在单杠下面尖叫：不活啦我不活啦——

阿德看都不看她一眼，悠然自得地继续喝茶看报。要不他哼一句：你停啊，停了就不要吃饭！

五月的心愿是，让阿德所有的训练规定，统统减去三分之二，但她同时又绝望地明白，阿德就是一个铁面无情、心狠手辣的恶棍。阿德对五月的撒娇撒赖撒泼一律置若罔闻。这个严酷的矫正训练，每一天都被严格执行。直到三周后的那一天，五月在引体向上时，失手摔下单杠，昏迷不醒。那一下子，阿德吓到了。

他到底还是被医生骂了。这让五月暗喜。她幸灾乐祸地听到了阿德在客厅和医生不完整的通话。两通电话虽然只能听到阿德单边的声音，但阿德绝对受到了小吴医生的批评，阿德在说，是啊是，是是，心急吃不了热豆腐，我懂，这个我有数。嗯，是是，明白了，不能揠苗助长，是，适得其反，对对，牵引过度不好……

其实，小吴的批评是无动于衷的，听起来懒洋洋的。他是在应付，给同事老郭一个面子。是五月自己想象阿德被骂得狗血淋头，而获得了复仇的快意。电话里，小吴懒洋洋地说，反正，弯曲三十度以下，运动按摩康复没什么问题，国际标准卡到四十五度，四十五度以下保守治疗，四十五度以上手术咯，五六十度，中医保守治疗成功的也有了。反正啊，还是看你们的决心和毅力了……

阿德就按照那个懒洋洋但言之有物的小吴医生的

指导精神，把矫正脊梁方案，改为按摩为主、运动为辅。拉单杠和燕子飞，如五月心愿，都减量三分之二。而按摩，一开始，他们也慕名去过城西中医分院推拿按摩科。城西正骨按摩名气大，房屋破旧，病人却十分拥挤。阿德和五月，挂号、排队、等候、上床按摩，加来回公交车路程，前后花了快四个小时。阿德和五月都觉得挺费钱费时间。有洁癖的阿德，是那种到医院都不肯落座的人，眼见着所有的按摩床，一个个病人一听号就抢着躺上去，根本没有更换过床单，那皱巴巴的按摩床单上，有各种病人的泥灰、皮肤屑，汗液、体液，让他非常恶心焦虑。而那四十五分钟的按摩，看起来难度并不大。隔天，阿德就到新华书店，买了一本保健按摩方面的入门书，里面还附送了一张彩色的人体穴位图。研读一周后，他就成了五月的按摩师，反过来，他要求五月也学习穴位按摩，因为他一到变天，腰部和右膝盖就酸胀疼痛。五月非常配合听话。尽力逃避矫正运动的五月，非常享受按摩，也非常愿意为阿德按摩，她不仅专心学习了按摩知识，还主动到东方之珠足疗培训老师那里求教。毕竟年轻，很快，她的人体穴位，比阿德掌握得更多更准确。这样，那段勤奋学习的时光，让阿德和五月，对健康按摩都有了共同了解和长足进步。

　　对这一老一小来说，那是一段天天向上的大好时光。要是五月记忆可靠的话，藏钱与山货客丑闻曝光之后，阿德就正式默许了五月赖大床睡觉。只要五月洗漱干净，阿德基本就睁一只眼闭一只眼，当然，阿德从不主动邀请，他能做到不臭脸不驱赶，五月就像小老鼠偷得了米。事实上，以毒攻毒的鬼片批判疗程，一直暂时没有取得脱敏效果，反而使五月阿德更加精诚团结在大床同眠。有两次看鬼片，她瞟见阿德竟也眼直脸白，神情很紧促。这个发现，让她很得意，有了点同是天涯沦落人的相怜感。

　　就这样，这一老一少，严格按着作息时间表，读书写字，按摩健身，审阅鬼片，文明生活。

十八

五十来岁的阿德的严谨刻板一生,有过肯定不多于十二次的性生活。老天似乎考虑到时间急促,所以,也许在第一次,或者在第三次,就让宝玲着床受孕了。阿德闲来也暗自思忖:这么容易中靶心,如果不是腰部受伤,我是不是生产能手啊。宝玲迅速地"有了",让他迷茫困惑,倒不是怀疑宝玲不贞,就是对女人这样一种陌生生物十分费解。婚前婚后,老天都没有给阿德在性事上更多的认识与旋回时间,就让他迅速看见性结果了。就像买了游乐园的门票,你还分辨不清东西南北的游乐区项目,一进去你懵然就走到了出口,出来了。

宝玲是个异常白皙的圆脸瘦姑娘。她的白皙,让她眉间与右眼皮肤下的细枝状青色细血管,都一目了然。

可能是太白皙了,以至她的眉毛、头发看起来都是浅棕色,有点透明、发际线的细发,还天然打卷,那些柔软的、小枣大的发卷,阿德觉得倒也很美,不过宝玲自批"难看死了"。介绍人把阿德和宝玲拉在一起时,阿德没有感觉宝玲漂亮,但是,他看到了宝玲的干净,虽然她整体看上去有点营养不良。当时在介绍人家,宝玲一看到阿德走进来,白圆脸腾地红了,脸以及两只耳朵同时发烧,耳朵烧得快冒出火苗,以至她没有勇气再抬头看阿德一眼。她反复捏揉着自己的衣角,好像那里不平整。阿德原以为领导的女儿,自然是伶牙俐齿心高气傲的,为了自尊,他进去时,刻意腰板更加挺直。没想到,这个白净羞涩的女子,给了他极大安全感。新婚之夜,他才清楚,躺着的宝玲,比站着的宝玲更羞怯万端。新婚的阿德,还是想亲近一下同床的女人,结果,宝玲力大无穷,几近愤怒地表达了羞耻。阿德本来就不是好勇斗狠之人,更知道自己腰部薄弱,宝玲力大无穷的拒绝,他也就顺势接纳下来,并不急躁。隔天在小食堂打开水的时候,食堂几个炊事师傅嬉皮笑脸地叫住他,一个说,新郎官气色好啊;一个说,嘿嘿,马保国在洞房里,被新娘子举报耍流氓啦!阿德目不斜视,提着竹壳水壶就走。有人抄起洗菜池里的一块菜帮子,直接扔砸在阿德的水壶上,阿德还是假装没有听到。粗鄙的东西。阿德他看不起这些穿着肮脏围裙的食堂伙计,马保国的事,整个厂的人都知道,何况行政楼。那个新娘子真的打了保卫科电话,说保国耍流氓。

宝玲没有。宝玲是那个时代的正常媳妇。花烛夜各自安睡。隔天午睡起来,阿德顺手抄了宝玲一把胸口,正感觉什么起伏也没有遭遇到,宝玲就一掌打开他的手说,光天化日!到晚上,不光天化日的时候,阿德想看看宝玲。宝玲第一时间,一跃而起扑到门前拉灯线。黑暗中,阿德摸到宝玲内衣整齐、身躯静如死水,而阿德的探索之手太有方向感的时候,宝玲就会把它们狠狠打掉。阿德只能凭外围粗略的手感,获悉新娘就像一捆干柴——不是烈火干柴的干柴,是瘦巴巴、硬邦邦的柴质感。蜜月里,几次艰难探索,几次混沌成就,但互相都没有找到正道,连磨合期都没有展开,阿德就吃惊地感到自己腰酸欲断。歇了几天,再试,腰部更是酸痛难忍。阿德暗暗惊恐,看来致命腰伤绝不是军医夸大其词。阿德想起一些老话来:肾藏精精生髓,髓聚而为脑。肾虚至髓海不足,脑失所养。阿德决定长休。他没有告诉宝玲自己的身体状况，因为他知道宝玲不需要性。他认为好女人根本不在意性。而宝玲对身体的羞怯藏护，一直持续经年。甚至起夜坐在尿盆里尿尿，阿德突然拉灯，她都会难堪无措。她的经期，阿德永远搞不清楚，她晾晒的月经带总是藏在短裤里，然后，短裤再藏在家里最隐蔽的地方。比如，那个院子里的阴暗角落，储物间的门后。有一天，阿德说，这样不见太阳不消毒，不卫生吧？宝玲说，你神经病啊！

这一辈子，夫妻俩出门，别说并肩手牵手，从来都是一前一后、沉默正经地行走，除了他们自己、除了熟人，谁都以为他们互为路人。一个旗杆似的威水男人。一个很柴的庄重女人。

没想到，三四次的外行试飞，孩子就来报到了。婚姻传宗接代的老意，被完全凸显。宝玲立刻投入准母亲、母亲角色，阿德的长休，就渐渐成了无期。这绝对不能怪宝玲，阿德清楚自己的腰椎就像麻花一样脆弱。他爱护自己的腰，就像爱护自己的眼睛一样。他爱护自己的腰，就像爱护自己的命。直到孩子学走路的时候，阿德才严正告诉宝玲，我有部队腰伤，没有办法这样牵孩子练习走路。

宝玲点头，理解自己的男人。母亲的角色似乎让宝玲渐渐淡忘了身体的羞怯。她小小的乳房变得丰满、乳汁丰沛，哺乳的时候，遮掩度越来越低。一个羞涩蒙昧的女人，一下子就超越了性别差。她开始穿着大短裤在院子里进出，高声大气，正是这样的暴露，阿德没有发现美，却发现了她的罗圈腿。有时候，在她的大花短裤下，她的左右腿，看起来就像一对括号。

阿德觉得非常扎眼。阿德开始的策略，是眼不见为净。可是，一个屋子里进出，哪里能全面回避。孩子大了，宝玲对身体的暴露感就更加懈怠。阿德终于忍无可忍，找出军用背包带，他要在睡前把宝玲的双腿捆直。宝玲先是觉得莫名其妙，后来发笑着由他捆。再后来，宝玲拒绝，说睡不着觉，半夜要小便。阿德寸步不让，说起夜我会帮你解开，完了再帮你捆。宝玲说神经病！宝玲不干。搏斗对抗中，宝玲开始抱紧阿德，阿德投降过一次，代价是他的腰痛欲断，更让他受惊的是，那次之后，他咳嗽、打喷嚏、拉屎，腰部都会尖叫一样疼痛，修复的时间超过了两个月。阿德开始全面警惕，绝不允许纠偏工作再陷入误区。但是，宝玲也很快认识到捆不是亲、训不是爱，她的抵抗，以铿锵猛烈的唾啐踢打,彻底终结了对她罗圈腿的整治。那之后,宝玲的脾气越来越坏,越来越暴。小卫革莫名其妙经常被打被踢。结果,小卫革很顺利地长成一个叛逆小坏蛋,他只认宝红,只和小姨宝红亲。

直到宝玲死后擦洗身体、整理仪容,阿德才第一次看清睡在身边的女人的真实模样。那时,她的乳房已经扁平如煎鸡蛋,杨梅核大的黑乳头垂头丧气地挂着。最刺激阿德的,还是宝玲那双括号腿。如果像他一样,纠正过来,遗容岂不是更加整齐完善?这是一个巨大的遗憾。阿德永远抹不去那对不争气的括号腿的记忆了,这个消失不去的记忆,有时竟然还会令他忿忿:这种放任松懈的人生,可耻可恶。

十九

　　五月讨厌拉单杠、燕子飞的操劳运动。她喜欢被按摩，哪怕她也要回报更多时间去按摩阿德的腰背、膝部。她到底还是惧怕运动。阿德的老式大床稍微改良后，演变成按摩床。按摩矫正的流程一般是，首先，五月站立，她自己一只手顺着肩部向后伸，然后弯曲手肘，另外一只手向下伸到背部，将两手相握，双腿站直，然后慢慢地拉伸三分钟左右，阿德手握秒表计时。其次，她保持站立，由阿德站在她脊椎凸出的一侧，一手按住侧凸的胸廓，另一手则扳住对侧肩部，两手相互对抗用力，持续片刻后放松休息，反复五到七次。然后，五月躺下，用手抓住床头栅栏铸铁条，阿德在床尾抓住她小腿的下段，慢慢用力往床尾拉伸，强力对抗牵引,每一下保持三分钟,直到五月承受不住。最后,五月俯卧,阿德在她的脊椎两侧肌肉处用手掌来回擦摩三五次,之后,用四指或掌根做由下而上的揉法,侧重肾俞、环跳、委中、承山等穴位。臀部两侧环跳穴,每次按揉,五月都痛得鬼哭狼嚎。阿德对她夸大其词的鬼叫不胜其烦,躁怒之下,有一次他狠狠咬了"环跳"一口,就像怒啃了一口水蜜桃。五月惊痛得竟然叫喊不出来,光扭头呆看阿德。而那半个桃子似的屁股,当晚就淤青了。隔日变紫黑色,很吓人。阿德有点不好意思,力辩是自己站不稳,栽倒磕到,是意外。五月蔑视性地死翻白眼。阿德也觉得下手重了。多日后再看,那屁股上的淤紫才渐褪为青黄。七八天后才基本消散。这期间,阿德为五月清炖了鸡蛋蒸小石斑鱼,并一反常态,怂恿五月一次性吃光。本来,按照阿德的习惯,一条巴掌大的鱼,笃定要分四次才能吃完的。阿德一直催促五月吃光,并不多说其他什么。五月知道阿德从来不道歉,就跟她一样,这点,他俩的德行一致。所以,她特别能悟出这里的歉意,也所以,她理直气壮地全部吃光。那条鱼,确实非常好吃,以前阿德只舍得买巴浪鱼、带鱼、草鱼、鲢鱼等便宜的鱼。石斑鱼太贵了。它就贵在肉质无比地鲜美细嫩。很久之后，五月机密地告诉山柳，山柳哈哈大笑说，该！打狂犬针比石斑鱼更贵！等到最后那次考察受伤屁股的痊愈情况，五月就很慷慨地脱下了小内裤，而不再是卷边供观察。

一老一小的情谊就这样边界模糊地展开，等到精力旺盛、灵活有力的年轻身体，为年老的、脆弱的腰伤主人，完成一次轻松舒适的非典型性性爱按摩时，他们双方似乎都难以置信。双方拒评。阿德有点讨厌自己，他严厉地不赞成自己那样。但是，当认真严肃的纠偏治疗，一不小心又漫游到性域，他总是既享受又深刻懊恼。这一辈子，他终于拿着废弃的旧门票，偷偷重返游乐城，而且，少年领着他所到区域，根本无须劳动他的腰。他文绉绉地生造了一个词：逸性。这个"逸性"的堕落太致命了，成本太低了。阿德赌咒自己不得好死，随之又咒骂五月。这个脑子简单的贱骨头，天然不是什么好东西，要不然怎么十来岁就为一点儿酒心巧克力就跟老男人鬼混？五月也有恍惚沮丧，她心里清楚，只要她的小老底被阿德知道，关于她的身体，他就获得了某种通行证。它理当对他开放,也理当被他瞧不起的。阿德毕竟还是高尚的人,他对她好,他一心一意在救她的命,而且,他们的床上按摩及按摩延伸都是健康的。它快乐于**游戏与养生**之间。所以,和阿德一样,他们谁也不肯正视他们的性活动,双方似乎都默契地自欺欺人,说,那是矫正治疗的副作用。总之,他们谁也不能说服自己,那是爱情,或者那就是性。所以,一老一小——至少阿德,绝不会甘于承认,那是堕落。

随着岁月流逝中双方的熟悉与信任加深,随着彼此心理、生理距离的缩短,两人间的龃龉也不时会出现,一般情况不会很严重,不动声色的阿德,却总是强势的。经常被气得大哭嚎叫的五月,总是认输的那一方。开始她是怕他,骊州的背光、城里的文明傲慢,令小苔花仰仗,后来是有了户口入籍骊州的奢望。这不切实际的大梦想,使她对崇敬的阿德,又滋长出微妙的巴结情结。有一次,这一老一小有过比较厉害的争吵,阿德没想到小东西(原话),竟然很刻毒地反击说,都是你的鬼片害的!都是你家的鬼害的!

小毒镖直中阿德心脏。阿德盛怒:这说的是什么混账话?!阿德当场拎出她的牛仔大包,直接扔到了院门口外。阿德要赶她出门,让她马上滚。但是,他傍晚散步回来,又看见她蜷缩在内门槛边,抱着牛仔大包,眼巴巴地看着他。他们又和好了。

二十

山柳是来自赣西落后小城镇的郊区女孩。因为生存条件太恶劣,才离开家乡开始野蛮大冒险的。山柳胸口有玫瑰纹身、右臂上有刀伤,五月不敢问她是怎么来的。山柳的聪明和勇敢,弥补了她的无知少教;真诚和任性,又让她得到了许多性情中好、坏男子的相助。他们接力养护了她热情自大、嚣张无畏的美丽青春。这个几乎没有一个女朋友的山柳,偏偏接纳了五月。她无法识破五月的谎言,也许是有意呵护那个谎言,所以,她比五月本人,还更能渲染吹嘘五月别墅里的富贵故事。

在五月的故事里,真武路 21 号的男主人,是个接见过外国总统的大人物。知识分子,学识很渊博。全家人都在海外,有钱有势,但是,这个大人物不愿意去海外。他喜欢国内的一切。整个别墅，随便什么蓝绿红色老玻璃呀，古铜旧把手呀，古花瓶、太师椅呀，都是贵重文物；他非常疼爱被送到乡下的妹妹，也就是五月的母亲。因为，五月爸爸妈妈早逝后，阿背一直想着帮助小外甥女。全东方之珠的小姐妹们，无论技师还是服务生，渐渐地都知道了这栋别墅男主人。有人就说，你阿背有钱有势，对你那么好，你为什么不让他帮你弄个城里户口？有户口，才是真正的骊州人。

还要你说，五月回答，我阿背早就问我要不要转户口进来。是我觉得无所谓呀，关键是你自己像不像个城里人。有没有户口，还不是一样。再说难度很大，我阿背为我花那么多人情钱也不好。

那个全店最傲慢的大专技师招娣说，怎么不好，哼，有门路就好。

五月说，反正我不想。有什么好急的。要是我想，我阿背两下半就解决了。

招娣一口啐出牙签。其他几个技师，默契地笑了。

为了显示有来历，五月利用休息日，到比星角服装批发城更偏的陆骑巷，买过好几件洋垃圾服装，其中有一件肩部有枪眼的灰薄呢大衣，她都说是舅舅家的海外亲戚寄来的。她穿起来，领子、肩型、腰身，质地一看就是舶来品。确实漂亮。不过，关于这件大衣，阿德在翻晒的时候，一眼认出是枪眼。这里，一老一小又闹出过争吵。这以后再说吧。

关于五月的真武路别墅故事，有的小姐妹听了很是羡慕。有的当面撇嘴表示对吹牛的蔑视。山柳对外更是掷地有声：我们东方之珠人员的素质，绝对数一数二。不夸口，大专一个，中专生好几个！我随便一个收银员，都是有背景的。你以为！一个见过各个国家总统的人，骊州城有那么多吗？全中国都找不到几个！山柳愤怒的语气，还真灭绝了很多怀疑的念头。

其实，五月搬进真武路别墅之前，山柳就带五月陪客人出去吃过几次宵夜。和那些需要同东方之珠打交道的、在职能部门有管理权的公家人。在饭桌上，在KTV包间，在杯觥交错酒色轻浮的场面，五月嘴里偶尔冒出的名人名言，也许未必都合乎时宜，但跟进想想，倒也深邃警醒，即使像小品，也难掩奇异之功：

　　自己是自己命运的创造者。俄，谢德林。
　　冬天已经到了，春天还会远吗？英，雪莱。

选择你所爱的,爱你所选择的。俄,托尔斯泰。

山柳说,你能不能把后面奇怪的国名人名去掉?

不能啊,五月说,去掉就不是名人名言了。这个场景里的五月,的确很逗、很幽默。桌上觉得自己有文化、其他人没什么文化的那些人,都不能不承认,那是文化品位啊。五月的"出口成章",很长东方之珠的脸。此外,山柳更欣赏五月恰如其分的娇憨与恰如其分的忍辱大度。这种事情,五月更有天赋的分寸感。每次外事活动,山柳都对她夸赞连连。各种酒前、酒中、酒后的人们,言语暧昧、举止暧昧、醉与非醉界限暧昧,他们友好地、恩爱地、赏析地搂搂摸摸捏捏亲亲,五月素来镇定团结,从来不会一惊一乍,给吃豆腐的人以难堪,让局势走坏。

山柳一高兴就送她个小礼物。山柳喜新厌旧的毛病,让她最乐意的就是送五月自己穿过的衣服,不过,山柳大量的凸显线条的紧身衣裙,五月都不要。五月知道自己只能穿宽松的衣服。有一次,一名新调来的公家人,一直在柜台前挑逗五月,还要强喂五月薄荷糖。山柳不动声色,就让五月外出领发票、报表,然后非常自然地让那个公家人用他的三轮摩托送五月去。那一夜，发生了什么事，山柳从来不问。五月也从来没有回来唧唧歪歪什么委屈。只要东方之珠与职能部门关系运作良好，山柳就觉得五月润滑有功。还有一次，五月的憨萌公关，让山柳送了她一顶全新的猪血色的贝雷帽。那个时候，全骊州城都没有女人戴帽子，时尚的山柳是在上海给自己买的，但是偏大。没想到，五月戴起来，脱胎换骨般的性感迷人，因为掩饰咖啡斑而重打的棕色眼影，让五月散发出异国风情的魅力。可是，五月一戴上贝雷帽，东方之珠的小姐们，不论是技师还是服务员，都讶异无声。没有一个人夸她好看，缓过劲来后都说：好奇怪啊，怪别扭的。只有山柳说，×你妈，简直像外国明星！山柳还瞪着眼睛说，呸！好不好看，你不用问她们，你只要用眼角，看她们有没有不断地偷看你。有，那就是她们很羡慕，她们很心酸！

五月戴了三天，山柳又把猪血贝雷帽收回去了，换给了她一条装在小纸盒里的碎花丝绸小方巾。山柳让人修紧了帽沿，自己戴了起来，她形体狂野气质刚烈，显得比五月更有异域风情，确实非常让人过目难忘。这个时候，五月才痴痴领悟，猪血红帽子真的很好看。山柳是生气了，所以才拿回去自己戴的。五月为自己的不勇敢挺不好意思。

背后也有犀利刻薄的女孩子，骂五月是山柳的狗腿子。招娣评说，就是一个二百五。山柳越是倚重五月，五月的社会评价就越不堪：贪吃、皮厚、小气、自私、裤带松、撒谎精、傻进不傻出……但是，五月和山柳都听不到这些负面议论。有个暗恋五月的嘴碎男技师，会给五月传些小话，以示忠诚贴心，甚至说，山柳的妹妹小英，也在背后骂姐姐重用五月是"有眼无珠"。五月将信将疑，最后冲着男技师，掷地有声地宣言——黄金见于烘炉，友谊见于患难。美，爱默生。五月不解恨，又说，清者自清，浊者自浊！

她忘记这是哪个名人说的了。她气愤了几下子，渐渐她又真的觉得自己挺好的，就像皮球捏扁了又逐渐复圆。五月嚣张地教训那个告密男技师：呸！我呸呸！她学着山柳的口头禅，操他妈的小人！——你给我离她们远一点儿！

这还是没有名人名言有分量。她还是不解气，五月终于又想到一句名言：敷衍趋势的小人，不可共患难！英，拜伦。

暗恋的男技师听不懂五月的名人语录，一脸迷惑比敬仰多。五月用力梗直脖颈，倨傲如阿德：烂苹果最好剔除，别烂了其余果实！男小技师说，这也是名人名言吗？

五月说：英乔叟。

英乔叟是哪个国家的？

……阿拉伯。五月说。

五月把山货客给的两万元，交给阿德以他的名字存银行后的几个月后，又交给了阿德一千八百元钱，请他也存起来，说以后万一做正脊手术用。她说是半年奖金。阿德说奖这么多？五月说，我好嘛。阿德说，看不出你有多好。五月说，我真的好，你不信去问我老板好啦。嗯，就像上次，我跟你说过的——那个顾客的脚臭臭到我们技师直接吐了！一到三楼，整个东方之珠都臭得不能呼吸！大家都往院子里逃，只有我拿空气清新剂去喷。一层一层到处喷。阿德说，那个你说被臭吐的技师，还坚持上了两小时钟的，她有没有奖金？五月说，那肯定有啊。你自己去问她吧。阿德说，屁话。

阿德存钱回来，洗手时就开始说：吃、喝、拉、撒、学，分文不取，我待你超过亲生儿子。希望你珍惜幸福,任何时候,都不要骗我。城里不是乡下,只有实话实说我才能够帮助你,否则,到时你悔青了肠子,别怪我没有提醒。五月说没有啊,我什么都不会瞒你呀。看到阿德的眼睛,尤其是那只小一点儿的三角眼,充满了阴险的不信任。五月就不高兴了,可是,阿德也说得没错,白吃白喝,还经常帮她洗衣服,包括月经来的小内裤。有时经血弄得太脏,五月就要扔短裤。阿德不让,他总是用冷水,一点儿一点儿地把它全部清洗干净。这样的人,这样的人,他就是这样固执的、了不起的人!不过,阿德犀利疑惑有点卑鄙的眼神,让五月暗自决定,再也不把钱拿回来交给他了,她不要接受阿德居高临下的质疑和盘问。她把用剩的收入,就藏在东方之珠办公桌带锁的小抽屉里。大约是一年多之后,也许更长一点儿时间,在警方开展的一次扫黄打黑大整治中,东方之珠出事了。山柳和她妹妹,以及五月和那天上班的很多人,除了两个保洁工,都被抓了进去。五月当时在洗手间,她一听外面尖叫、吼叫,赶紧跳卫生间窗户跑路,没想到跳到了几块旧水泥预制板上,当场就站不起来了,忍不住在原地抽泣哀哀哭叫。自然被逮住了。有个不知道身份的便衣,根本不理她要去医院的哭诉，只说她涉嫌协助卖淫罪。五月蹲在都是尿味的羁押室，又怕又脚痛哭了老半天，一夜未睡。没想到关了一夜，还没有审问，警察就开门让她滚蛋了。警察挥手的那个厌恶手势，就是让她滚越快越好。五月什么也不敢问，赶紧一瘸一拐地离开是非之地。后来，山柳说，是她二马哥哥找的人，她自己当天晚上就出来了。五月是她最想保出来的。最终东方之珠什么事也没有，万事吉祥。足浴城在午后的阳光下，一如既往地盛开。只是换了几个员工包括两个技师。不过，五月的小金库没了。山柳骂了一句，说，肯定是没收了。五月哭起来，说，都快三千啦呀！山柳吃惊地看了五月一眼，没想到，小蹄子居然藏了这么多钱。这起码是一年的薪水了。山柳懒得安慰五月，即使她没有撒谎，她也不可能补她的损失。店有店规，她自己已经花钱消灾损失不小了。所以，山柳只是恶狠狠地骂了一句：规定不许把私人现金放那里！活该！谁让你放店里的?！

五月终于认识到阿德的老谋深算。她心服口服。

那次被抓，对她最担心的是阿德。出事的当晚，没有电话，打传呼机不回，阿德以为五月要被人杀掉了。半夜两三点实在睡不着，阿德起来还是拿着手电筒，抄近路步行到东方之珠。丁字街大路口,东方之珠的霓虹灯不见了,黑糊糊的天地一片死寂。阿德兜来转去,没有结果,好在隔壁大街人民旅社里出来一个吃宵夜的人,带着醉醺醺的酒意,大手一挥:进去啦——小鸟们——统统——进去啦——!

阿德将信将疑地回家,做了最坏的打算。他打算天亮后,先找旧关系去问情况;其次,无论如何,绝不让老五再干这营生了。没想到,一大早,五月披头散发、一瘸一拐地回来了。可能怕阿德紧张,她倒是笑嘻嘻的,说只是例行检查,明天照样营业的。

阿德冷笑,那你为什么逃跑?

五月说,那么大的动静,杀人似的。我怕是黑社会啊。

阿德说,你不是说,你们幕后老板就是黑老大?你怕什么?!

人家都摔断脚了,痛死了,你还这么心狠说话……

阿德就检查了五月的脚。捏揉扭转了一下,觉得没有断,应该是筋扭了。不过,后来拍片是有点骨裂。五月生了阿德的气。东方之珠隔日也还正常营业,才歇了两天,山柳就叫一个小弟,每天过来用摩托车接五月上下班,说是一时找不到人。

阿德和五月打赌输了,东方之珠并没有如他判断的关闭歇业。依两人约定,必须蒸石斑鱼给她吃——实际上,五月伤筋动骨了,阿德也心疼的,所以,蒸了五六次鱼给五月吃。

五月一字也没提钱被没收的事。她也有了城里人的狡猾。如果告诉阿德,那是找骂。反正,钱已经拿不回来了。阿德有一点是对的,如果听他的,这几千辛苦钱,现在不是还好好的。五月已经下定决心,今后,再有什么钱,还是要交给阿德吧,一定要安全地存在银行里。

二十一

春天、夏天、秋天、冬天，白棉、绿绸、卡其布、陶土色涤纶，不同季节、不同质地的衣服，都在用令人一新的方式，阐释、解读五月充满秘密的美好身材。几年过去了，她并没有她自以为的那样，变成一只扁壳蜗牛，是的，她的剃刀背，似乎都变薄了。虽然她自己，还有可以从容品味它的人，才会发现它两边的乳房是一大一小，左右髋骨依然高低有差，但是，在她紧实略微歪斜的腰肢下，这具雪白的肉体一直在散发着奇异的晕晕。那个秋初的下午，院子里的阳光又开始大片洒进南屋，矫形工作结束了，五月赤裸的身体，半侧躺在按摩大床上，她埋头一动不动。她睡过去了。阳光照耀她额角、颈部潮湿的发丝；纤细但有力的肩胛骨和手臂上，绒毛似的汗毛在阳光中发出金色的微光。她的腰背部有一段花生壳形状的长条形咖啡斑，比眼皮上的颜色更浅，阳光下，就像水波在跳荡。一只乳房在阳光中，留下了一块三角形的美好阴影；另一只更丰润的挨着床单，却像雪地里的一点红花，在岁月深处怒放。

靠在旧躺椅上的阿德，不出声地望着，没有来由地，他一下子泪水满眶。

阿德双手掩面，手掌下面，最终还是泪水长流。

躺在一半阳光中的身体，静水深流着阿德看不见的生命潜流。屋子里只有太阳光屏气移动的声音。这是快一个世纪的老屋子。过时的旧床、暗沉的窗台、衰老的屋角四壁、花纹磨损的花地砖，还有发黄的空气，而那新鲜澄明的年轻躯体，为什么就那么浑然无知、明净自在，它从哪里来，将到哪里去……

阿德闭上眼睛，旧躺椅开始轻轻摇晃。宝红来了，准确说，先来的是宝红的乳房。如果仅仅从乳房上判断，宝红宝玲完全不是一家人。宝红的乳房，少女期就长势汹涌，很快就远超她姐姐哺乳期的丰盛，它们就像两个巨大的弹力球，随时可以破衣弹射摇曳，它们有力量反叛任何一双捕捉它们的手，但是，它们就是不能降服阿德的心。宝红一辈子都不明白，阿德为什么不喜欢她，可能阿德自己也说不清楚。也许，一开始某个程序错误，就会导致全盘失序。宝红的黑肤，宝红的唇边肉痣，宝红的超低音，宝红阿嚏阿嚏的喷嚏声，无不随时地可以激怒阿德。宝玲还在世的时候，阿德就厌恶地发现，宝红千方百计地在他视线范围，定格或延时低胸拾物等一类动作，留给他胸口无限风光；阿德的目光一旦被这个下流陷阱捕获，他就像被扣网的蝴蝶，被围捕入侵的感觉令他生恨。那个雨夜，宝玲出差广交会两夜未归，卫革交给妹妹宝红照顾。宝红珍惜天赐良机，在深夜的小浴室，借故忘记拿威娜宝沐浴液呼唤姐夫。阿德早有防备，宝红开门赤裸倾倒而来的时候，阿德一掌扇得她差点摔在门边，随即，她又被阿德手快地揪住长发推正身子。

宝红的身体条件太好了，所到之处，她看到的都是垂涎三尺或克制垂涎的欲望之眼。在姐夫未解之谜的粗暴拒绝后面，她永远也无法认知自己丧失魅力。在对姐姐的亏欠中，在姐夫的傲慢冷漠中，她更加病态地不可自拔，如痴如狂。她扭曲性地自我注释了阿德所有的冷酷举动。比如，阿德最痛恨她把两只大拇指挂在牛仔裤口袋里，莫名抖胯抖肩的样子：男抖穷女抖贱，不男不女，简直像个流氓！宝红嬉笑，觉得姐夫在玩味诱惑。阿德厌恶她衣着暴露、自轻自贱，她却觉得阿德像个大男人，充满坐怀不乱的魅力。阿德对她的冷漠狂躁，她把它全部理解为人品高尚的灵魂挣扎。可以说，正是因为阿德，正是因为这份牵制她的怪异情感，如定海神针，让她免于后来的牢狱之灾。当时，和她经常玩在一起的那伙男女，在一个严打期里，统统以流氓罪被送到了新疆。而那次据说性沸腾的黑灯贴面舞之所以被她错过，是因为阿德急性盲肠炎穿孔，急诊需要连夜手术，她成了守护天使，错过了流氓盛宴。

在宝玲去世后不到半年，宝红夜闯阿德卧室，裸身求婚。阿德一个大脚，把她狠狠踹倒，翻身里睡。宝红哭泣着又扑了上来，疯狂捶打阿德：我哪一点不如宝玲？！

你哪里都不如她！阿德怒吼：你骨头轻！你贱！

宝红哭声就像被凝固。阿德又补了一句：你姐干干净净，比你自尊自重！她一辈子清白正经，她才是我尊重的好女人！

应该是失败的求婚夜之后不久，宝红终于绝望地投奔了香港堂哥，出于对卫革胜似亲妈的感情，她带走了小男孩。阿德没有反对。阿德带不了孩子，卫革也巴不得逃离枯燥严厉的父亲。最主要的，阿德还觉得，给宝红一个孩子，是他能够付出的唯一东西了。临行，阿德说，那是一个资本主义社会，你们要在腐败堕落中洁身自好。像莲花一样，出污泥而不染。你不要把卫革培养成一个香港流氓黑社会。

一语成谶。不过，这又是后话了。

眼下，五月睡去的身体，松弛、恬然、宁静，却像另一面旗帜，它在无声地传承着过去岁月的静好深流。那是没有被觉察的静好，是从未受到关注的和祥美妙。而阿德，本来一直以为，只有他，最了解身体，最懂身体的意义。现在，面对五月，那身体天成的纯然之美，令他哀伤失落，还有，它就这样浑然无辜地连接了时光深处的宝红宝玲的身体，尤其是宝红。阿德在发黄的记忆中，冥眩、挣扎。

二十二

阿德在莲池农贸市场湿拉拉的水产摊子前来回走。他在等那条黑鱼的死亡。

在骊州,人们不论手术,还是产后,都非常器重黑鱼进补。所以,这种像花蛇一样的鱼,在市场里一直价格不低。拿它做营养品的或者送礼的人,自然都是买活鱼。活鱼的价格也从来不低。在草鱼鲢鱼一块八一斤的时候,黑鱼从来没有低于十二块一斤。但是,如果它死了,立刻身价暴跌,一般三五块就能得手。这样,卖鱼的人,往往还会得到买主的抱怨,仿佛捡了便宜的人,是卖鱼的,而不是买鱼的人。

阿德就在等那条奄奄一息的黑鱼。它有时已经翻了肚皮,可是就是没有死。阿德反复告诫鱼贩子,没有人会把这种半死不活的鱼买走的。这就是临终了嘛。鱼贩子说,生病受伤的人为什么爱吃它,就是它生命力强嘛!死不了的,你放心。它只是需要换换水。阿德说,不如你便宜卖我算了。卖鱼人说,不是让你十块吗。阿德说,十块!疯了呀?马上就要死的鱼,你才便宜两块?!你就是卖五块,看哪个人愿意买!卖鱼人厌烦地挥手:走走走!哪里便宜你哪里去,不要烦我!

阿德毅然就走。一会儿又过来了,伸长脖子看那黑鱼死了没有;明里暗里来回几次,鱼贩子不胜其烦,没等他接近就喊——还没死!阿德就假装问价别的摊子别的东西,但过了一会儿,又慢慢踱过来,眼睛直瞟那盆里的黑鱼。鱼贩子被折磨得有气无力,干嚎一声:你这是何苦哇!阿德借机大方亲切地过来,和鱼贩子聊天,心中暗自期待黑鱼下一秒的死亡。他深谙科普常识,刚死的鱼,因为身体恰到好处的酶反应,会比活鱼还要新鲜美味。鱼贩子哀嚎,你已经走了七八遍了——你看它死了没有?死了没有?!

阿德说,还不是真心想做你的生意吗。它现在翻肚皮的时间越来越长了。

唉你累不累呀。

不累。阿德说，我也是高工资的人了，不差你这点钱。可是，浪费东西就不值得了。

什么呀！死抠！鱼贩子说，有钱人就是抠！！

我用十块一斤买回家，半路就死了，你说我值不值？

不是跟你说死不了吗！你一早买回去，现在鱼都煮熟了！

——哎，它好像不动了？这次真的不行了！

不行?！哪里不行！！看尾巴！

撑不过十分钟了。最多！阿德说。

鱼贩子像被夹了脑门一样，两手使劲捂住耳朵厉声哀嚎，又像是跟左右同行高声宣告自己的失败：

——拿去拿去！算你死鱼价！！！再不走，老子快被你搞死啦——

五月跳卫生间窗的逃跑脚伤，就是这样被黑鱼、被水鸭子、被猪龙骨汤、鸡汤线面等，一天一天地修复康健的。五月最喜欢蒸鱼旁边打个鸡蛋。吃得高兴了，她会像孩子一样，吊阿德脖子欢呼求抱抱。阿德会打掉她的手，嫌她手腥。但是，阿德笑眯眯的心情，五月感觉得到。她也摸准了阿德的习惯，所有的营养品，她绝对不能真的以为是给自己吃的而全部吃光。早期,她干过这样的蠢事,很快就被阿德教育了:心里要有别人。不能因为好吃,就一扫而光。这样的吃相是没有教养的表现,对于女人来说,还是败家相。要改。

拉单杠,因为脚伤取消了;燕子飞,阿德毫不妥协,少做一个也不行,因为,那个动作不影响脚踝。同样,阿德也一丝不苟地执行按摩计划,但是,五月因为脚伤不好调动力量,反哺阿德的按摩就暂停了。那天,天气又变天,阿德在阴沉的天空下给自己按摩腰部膝盖,五月圈舔着自己一唇鱼香,忽然就说,我给你做个前列腺大保健!

先上厕所。五月说,我去找润滑精油。

和过去一样,他们所有的按摩都有副作用,何况前列腺大保健。阿德在喘息中极力镇压自己的飘然欲仙。他在艰难挣扎中哑声质询:谁教你的?……是谁?……你不是收银员吗?

我可是管理层!每一层的情况我都懂!如果再开一个分店,山柳说要我去当现场经理兼公关部领导呢。

收银员什么时候成了管理层……

当然啊,我一个书香子弟。

管理层……

阿背,完了以后,我可不可以把剩下的鱼吃掉?

……

好啵?人家骨头还没好,晚上又是包菜海带的工作餐了。

……

阿德还在仙山云雾里。

那我只吃掉鱼旁边那剩下的半个蛋,好吧?——阿背,好嘛,你说好嘛。

五月觉得全世界最小气的人,就是阿德。连往家门口信箱塞印刷广告的人都说,所有的人,都不喜欢塞广告,就你老爸每次都说,多给几张。我还以为他怕我太重,原来是他要卖废纸!五月对此不以为然。阿德上厕所才是令人发指的小气。每次进卫生间,都招呼五月先上,好要合起来冲水。五月说我没有小便啊。阿德说,怎么没有,你刚吃了一大碗地瓜稀饭。五月只好翻着白眼去。先拉,总比阿德拉完再强迫她加入补拉要好。

但是,吃喝拉撒住都不要钱,五月想想,也没什么可抱怨的。她懂良心,也懂自己也不是什么慷慨人物,何况,还要存钱预备正脊手术钱。她唯一的一件贵衣服，那件珠光底、枣色流云图案的蝙蝠衫，还是生日那天和阿德互相按摩后心情美好，一老一小像飞往蓝天的氢气球一样舒爽外出，五月就把阿德哄进了中山路新开的全市第一家巴黎春天。阿德被价格惊到了，但禁不住五月和营业员的软磨硬泡。五月得手了。买回来的路上，阿德一路沉默，都不跟五月说话。

五月平时工资除了买零嘴，就是买便宜衣服。东方之珠附近，有一家外贸内销店，五月最喜欢进去逛，那些款式新奇的、材质罕见的、连拉链纽扣都很特别的、有瑕疵的，甚至皱巴巴的衣服，她总是一买好几件。后来被一个技师指点，她才开始出入偏僻的陆骑巷洋垃圾衣服市场。每次她都骗阿德说是老板不要白送的。等到那件灰色薄呢大衣，被阿德一眼看出是枪眼，阿德大为震怒。他早在报纸上，已经知道了有人在鬼鬼祟祟地卖洋垃圾服装。

那一次，这一老一小吵得非常凶。开始是五月抵死不承认是洋垃圾，看阿德真要拉她去见山柳对质，口气才松垮了下来，哭哭啼啼地只承认只有那一件是，其他都是外贸内销货。而阿德认为，根本没有什么外贸内销货，统统都他妈的是死人身上扒下来的洋垃圾！五月就愤怒尖叫了。那个晚上，阿德也失态地连拍桌子了，因为他一想到这些死人的衣服，就这样在他家洁净的椅子上、床铺上坐来坐去靠来靠去，他就要呕吐了。

他真想掐死这个小混蛋。

二十三

其实，最严重的争吵，阿德也没有掐死五月。倒是五月愤怒地离家出走了。她在外面住了一个半月。也许倒是好事，她错过了宝红带着卫革回来探亲。真武路21号，没有五月闲杂人员的干扰，宝红很顺利地看望了依然挺拔整洁的阿德，也很顺理地找到了父母留藏的鼻烟壶和镶玉骨折扇。卫革想弄走的老瓷瓶和瓷瓶里真假难辨的字画卷轴，因为过不了海关而不敢拿。宝红也老了，全身上下，包括以前有反弹力的乳房和臀部，都变成就像肥肉灌肠的质地，任何一个戳点，都会让局部凹陷。一头鲜艳但枯黄的金发，干如稻草的发丝，在头顶稀疏处显露的头皮，就像不新鲜的肉皮。一只眼睛，很不灵活地突出，阿德一再疑惑它是不是义眼。不知道这十几年,她在香港到底经历了什么。宝红自然也不会说。香港底层终日的麻将生活,让她看起来苍白浮肿、眼神如鹤。香港的经济大背景,普通低下的生活状况,又让她眼界高又斤斤计较。她准备了一些便宜的港货,浓妆艳抹、居高临下地看望完骊州的亲友同学,就回去了。住在真武路的三天里,她只是寻机批评一切,关于房子,关于阿德,关于内地,关于现实。这样的落差确认,使宝红有优越感。但是,阿德是不会那么轻易被她的优越感打败的。送再多的礼物,阿德依然也不把她放眼里。何况,她现在不过一座人形肥肉。阿德也已经看不出宝红旧情依在,也许她需要这种不屑姿态,消除历史尴尬。卫革更是待不下去,看阿德完全形同陌路。阿德看着比他高大的二十六岁的儿子,常有难以置信的感觉:怎么长得这么糟心。他那全部后梳的大背头,一缕缕油腻腻的头发,面条一样,不知道涂抹了什么,看着就脏。卫革五官脸型很像宝玲,可是,宝玲那脸,作为女人还可以呀,怎么长在男人脸上,就说不出的欠抽欠揍呢,圆脸尖鼻子大背头,简直就像一个削皮荸荠。眼睛倒挺像宝玲中年后的眼睛,总是发出食肉兽的幽光,让阿德非常不舒服。阿德每次叫卫革,儿子就用吵架似的粤语腔普通话，大声纠正说：托尼！叫我托尼托尼托尼！

儿子只有一次主动跟阿德讲了比较长的话，他问的是，这个楼屋，以后政府要不要收回去？

阿德很生气：凭什么？这是我们的房子！

托尼说，姨说没有房契。

政府更没有！

那以后是谁的？

我们住，就是我们的。至少这一层就是我们的。爱住、爱租，都是我们的权力！

香港回归后的第二年，骊州的春季特别阴冷，倒春寒个没完没了。

五月是带着办办走的。办办是一只白色的博美串串，流浪狗。这只狗不小心把一只前爪卡在覆盖下水道的铸铁板缝隙里，被迫固定在防空洞山的路边。它的被毛，不知道被多少天无法躲避的春寒冷雨浇透。清洁工说，如果它趴下，下水道里的老鼠会从铁板缝隙下面咬它的肚子。所以，它只能撑着坐的。而它被卡住的前肢下端，已经被下水道下面的老鼠啃得只剩发黑的骨头。一只后腿也被严重咬伤。有过往好心人放了水碗和食物，但是，它没有怎么吃，看起来虚弱至极。五月路过，蹲在它旁边，看了半天一直想哭。终于，对面自行车修车铺的男人，不忍看五月泪汪汪的跪求，哭笑不得地拿着几样拆解工具过去，把狗腿解脱出来。知道自己被救的狗狗，瘫痪似的趴在地上，随后再抬头，那龙眼核似的眼睛里，竟有泪水流出。五月第一次看到狗狗会哭，自己也呜呜哭出来。五月把狗带到宠物医院。出院前，她就暗示了阿德，说防空洞山那边，有这样一只可怜狗。本来还想，如果阿德动心，就让他出点救治费。没想到，阿德说，流浪狗到处都是，你哪里救得过来！

半个月后，五月还是带着截肢了的、洗干净的小狗回家。公允地说，那只狗，除了少了一只腿，看起来像个蓬松的棉花糖，非常干净。带着沐浴后的香气。

她知道阿德有洁癖，可能会不高兴，需要做点工作，没想到，阿德回来一见，书房里居然有一只狗，顿时怒发冲冠。他整个脸都气扭曲变形了，喝令五月：立刻、马上把狗给我丢出去！办办吓得夹着尾巴，缩在五月怀里，阿德再看五月竟把脸贴在狗头上，狗的舌头在舔她的下巴。阿德简直恶心至极。阿德飞起一脚，五月为狗忙转身躲避，结果，自己和狗一起被踢倒。狗狗忽然勇气大增，虽然残疾，还平稳不好身子，但它跳起来就要咬阿德。阿德怒不可遏，随手抄起书桌上花梨木镇纸，劈头打向狗头。在五月的惊叫中，被击中肩部的狗狗，也嗷嗷惨叫，倒地翻滚。

你选！阿德吼：要住这儿，就赶它走；要留它，你就滚！

五月跪蹲着，抱着狗狗。狗狗一直回舔五月。

阿德忍无可忍，转身回到自己卧室，很重地摔上了门。

等阿德一个小时后出来，五月和狗，以及五月的破牛仔大包，都不见了。阿德踱到院门口，巷口空无一人。阿德哼了一声，拍了拍报纸还未送到的信箱，又展望了几眼空无一人的巷口，狠狠一啐，返身把院里的铁条门掩上，想想他又转身，就像晚上临睡前那样，把铁门咣当一声用力一脚，使劲踢上关紧，反锁好了，他才悻悻进屋。

但他大白天的反锁院门，失去了拒绝意义。五月没有回来，院外多日都没有响起阿德以为会响起的叫门声。连续一个多星期，都没有五月的一点儿动静。阿德看着院子里的单杠，屋子里意外发现的长发丝，才发现自己有难以抑制的孤独与思念。这个独居几十年的屋子，第一次让他感到不太习惯了。有好几次煮面，他就是忍不住煮了两人份，而且把好料，大都剩在锅里，好像五月随时会满头油汗地进来。还有卧蛋蒸鱼，两人份甚至三人份地蒸，结果剩来剩去，最后鲜嫩的鱼肉，老得就像木屑。那天，阿德独自吃着吃着，泫然泪下。仰睡了几十年的阿德，有一天晚上，忽然侧过身，像五月一样，屈臂折腕于胸口而睡。他非常诧异地发现，这个睡姿非常安逸。只要手背折贴于胸口，侧弯的身体就松弛地传递出异常的舒适感。这是五月的睡姿。这是不是每个人在子宫中的睡姿呢。阿德渊博地思考：是啊，在骊州，屁也不懂的老五，还处于胎教期呢。

离开真武路21号的五月，当时并没有走远，她只是抱着办办和行李，坐在"兼换"二字的石壁下，悲伤垂泪。她没有想到怎么办，光是有点模糊的思绪：是不是去丝丝美，问问火鸡老板或者阿杜要不要养狗。但是，她自己对自己说，他们肯定不会要了。他们那种人！黯然神伤中，倒有路人过问她的狗，是不是要卖。五月还真的一时动心，想卖了办办，就能回到别墅里。行李都不用提远呢。但是，那女人发现办办是残疾，笑一笑也就走了。这时,山柳打她汉显传呼,让她去真武路附近的那个小家电维修点,把修好的印钞机带回东方之珠。五月到旁边IC电话,哭哭啼啼地回了山柳电话。山柳一听,说,把印钞机拿回来,人狗都先到会馆来。不好拿就打出租车,车费到付好了。

五月就被暂时安置在东方之珠四楼天台顶上盖的旧杂物间。天台外面就是东方之珠霓虹灯广告的铁架子。当时,山柳一听五月哭诉,坚决支持她离家出走,必须报复一下自私的别墅主人。×他妈那么大一个别墅,容不下一只那么可怜的小狗?在五月添油加醋的渲染下,办办比实际情况更加可怜,阿德也比实际情况更加恶劣。但是,山柳没有让五月回到集体宿舍,床位有限是一个原因,主要还是她认为,不过是一家人怄气,复仇泄愤完,过几天就好了。

没想到,这个怄气,持续了一个半月。这一个半月里,发生了改变五月一生命运的故事,如果阿德早知道,应该会扔下了他比厕所石头更臭更硬的自尊心,把五月召回真武路,就像把一根抽出去的肋骨,再放回自己的胸口。是的,只有他,才可以改造一个最好的五月。没有他,五月必然变成一只扁壳蜗牛。但一想到这些,想到自己五六年的巨大付出，想到人定胜天的规划中止，想到荒废的美好未来，阿德的自尊心就更臭更硬了。

而五月，失去了拉伸脊骨的单杠，暂停了矫正弯曲的燕子飞和正脊的经络穴位按摩，她一天胜过一天地觉得，自己的脊柱，又在一点点地弯曲。反手摸后背，觉得剃刀背好像突然严重起来了。她更加敏锐地捕捉到自己的身体呼救信号，腰酸背痛，心慌心跳，右腿时麻时好，消化不良。几次打真武路21号的电话，但没有勇气等阿德接起。有一次，已经听到电话里传来阿德的声音了，正好有客人到柜台结账，她连忙挂掉了。结完账，她又不想打了。冲动和脆弱，都已经过去了。她也知道，只要没有人接养办办，真武路21号，就不可能回得去。而随着时间翻页，她和残疾狗办办的感情日深，放弃狗狗，根本不可想象。后来，不止她，东方之珠除了几个天生怕狗的员工，几乎人人都爱上了办办。甚至名字，都是那个自视最高的、有大专文凭的女技师招娣起的。本来，她最看不起五月，给狗狗起名，也带着她特有的犀利与刻薄，她说，不是要办户口当骊州人吗，那就叫办办吧。天天叫，哪天就办成了！她甚至带来一块她租住屋的浴室脚垫，送给办办睡觉用。

二十四

因为就住在东方之珠大天台,上夜班方便,其他收银员不时会跟五月商量换班,以前,她和阿德约好看《倩女幽魂》《凶猫》的时候,也假装晚上有急事什么的跟人换过班。这样,五月的夜班就比一般人多了。

那天晚上,快一点了,一楼客人都走光了,三楼的VIP的一个单间客人就是不走。五月很想叫他先买个单,但是,她不敢。去年,因为这个,她被顾客打了。当时,那个一楼多人间的足浴客人,什么项目也都做完了,就一直瘫在沙发躺椅上在看片子,旁边睡着他五六岁的儿子。服务生过去提醒说,准备打烊了,是否还需要什么?他竟然又加要了两份红豆薏米汤和全麦饼干,就是窝着不买单。五月第二次进去,问他,先生电视你慢慢看,但可不可以先买单,我好做账。客人瞪着她说,你再进来试试!若吵醒了我儿子,我砸烂你的猪头!

又过了半个多小时,他总算看完了片子。父子俩出来,睡眼迷蒙的小男孩紧紧抓着父亲的衣角。那男人走到柜台边,看五月趴睡,挥手一掌打在她头上:猪头!买单!刚刚迷糊过去的五月,觉得自己心脏和头都一起被他打爆了。即使这样惊骇到语无伦次,但那客人比五月更怒气冲冲。

所以,那之后,五月再也不敢催促客人先买单了。也所以,那个换班的晚上,她因为吃了感冒药,呵欠连天困乏苦闷地坐在柜台里,等候三楼的VIP客人下楼。除了那两个值班的、拼命吃葵花籽的新男服务生,整个楼死过去一样的安静。根本看不到一丝下班的动静。五月实在撑不住了,便偷偷溜出柜台到洗手间,试涂下午山柳送她的一支资生堂口红。因为红得偏橘色,山柳涂了两次都不喜欢,就送给了五月。五月在洗手间试来试去,无论是噘嘴还是嬉笑,自感都非常迷人,振奋精神的她,便像走T台似的,步态轻佻地扭回柜台。就在她刚刚扭到柜台边,旋转的玻璃大门,从外面的黑暗中，转进来脸色异常的一男一女。

女的拽着男的外套胸袋前襟，男的一直想把她的手拨掉，女的死死攥紧。俩人就这么黏黏扯扯连体人似的撞进大堂。他们的身形，让五月第一眼觉得是母亲揪着淘气调皮的孩子，强制到谁家认错的架势。再看，男的手里有支香烟，他顽强地越过女人的障碍，竭力保持无畏而洒脱的男人吸烟姿势。但是，谁都看得出，男的在装镇定装强大，他被女的拖向五月时，在两人步伐的趔趄磕碰中，仍然想保持自在庄重，神形便显得十分滑稽。

五月不由咧嘴笑。

女的穿着偏大的暗绿色套装裙，很不合身但布料笔挺，看起来硬侉侉的像个街头邮筒。女人一手里抓着几张百元大钞，差点挥舞到五月鼻尖。五月不由连退两步，连体男女，又逼近两步。五月感到了女人的威慑，连忙探顾包间那边的走廊。刚才两个吃瓜子的值班服务生，却不见影踪。女人说：

他今晚是不是来过了？！

五月摇头。她其实根本记不住男人有没有来过，除非他来买过单。女人把男的往五月身上用力一推：看清楚！睁大你的骚眼！男的怕撞倒五月，竭力对抗女的推搡并闪身，女的识破他保护五月的企图，飞起一脚。被重踢的男人，故作潇洒地拍拍大腿上的女人鞋印。五月每次看男的维持面子的努力，就是想笑。

这非常激怒女的：都不承认是吧?！好，老娘认。女人把钱狠狠地戳进五月怀里，五月推挡着，转身想逃进柜台里，却被女的一把拧住长发。

婊子！送你钱哪!!

这个时候，五月还是弄不清这一男一女到底要干什么，她本能地觉得这个母老虎一样的女人，对她有威胁。可是，女人把她的头发拧得太狠了，她忍不住尖叫，想叫出值班的服务生。女人一个巴掌，又扇了上来，男的被松开胸襟，立刻出手劝阻女人。女人嘶吼：心疼啊，好啊，那就开始吧。马上开始！

五月不知道女的要开始什么，男人在低头点烟的时候，嘀咕了一声：神经病！女人肯定也听见了，五月以为男人又要挨打，结果，女人却突然扑上来，撕她的领口。男的再次阻挡在她们中间。五月终于怒吼：神经病啊！你们夫妻打架去外面打！我是收银员！

骚逼！我就是来给你送钱的！你们做！做给我看！

男的呼出一口气，转身向大门。女人跳起来，一把揪住他的后领口：

怕了?！怕什么?！老娘允许！老娘请客！做！马上做！

五月低头修整被女人一把扯飞扣子的领口，心里巴望值班服务生赶紧回来把他们轰出去。没想到，女人突然把她推倒在地，捡起地上刚才撒掉的一张钱，直往她怀里捅：拿去婊子！我就是要看看，和骚逼他能做多久！

五月哭喊起来：我是收银的！

婊子当然收银的！我也是付费的！四百块够不够！

女人一头乱发，脸上又灰又肿：快做！我×你妈，老娘就是想测试一下，他是不是变成性无能了，以前都是几个小时的，现在每次都是一分钟，好呀！来！价钱我照给，小婊子你跟他做，我就是要看看，他是不是只对我硬不起来！

五月的一只手掌被她鞋底踩磨着，痛得发出杀猪一样的噫噫尖叫。

溜出去吃牛杂汤回来的俩值班服务生，一看大厅里的混乱，惊得连忙冲上去拉架。五月趁机脱身，马上报了警。这场疯狂的热闹，最终在派出所落下帷幕。做了笔录出来,在派出所大门口,五月看到背对五月的女子抱着男人痛哭流涕,而面对着五月的那个男人,见五月出来,在老婆肩上突然笑了一下,一排白牙被墙上的红色警灯闪得无奈又调皮。想到这个拼命维持尊严的窝囊男人的所有可笑动作,五月也笑了。她用拇指按住鼻翼,扇动四指,做了菇窝村人的蔑视动作。

大概是半个月后,这个男人来到东方之珠,还有一个伙伴。他们都正经足浴,没有去三楼。男人结账时说,他办个新卡。他说他原来办的金卡,就是五月推荐买的。五月一点儿也想不起来。男人说,他叫大麦。因为业务接待,他有时会带吃完饭的客人过来捏脚之后再去唱歌,或者先唱歌,再来捏脚。

大麦说,我已经辞职了。所以,现在办个新卡。你优惠我一点儿。

俩人因为经历了共同的秘密,再见面便轮流各自无声发笑。五月觉得大麦非常帅,虽然眉毛又淡又短,脸小下巴尖,但是,高高的鼻子、突出的喉结和宽厚的肩膀,很有城里人的威势。所以,五月就跟大麦约会了,她开始觉得自己约会一次,就复仇了一次。没想到,第三次,五月问他你这样,回去你老婆不会打你吗?大麦说，我想跟你结婚呢。那天，她撕你衣服的时候，我也想动手了，把它撕光做了，算了。

五月和大麦就认真谈起了恋爱。

大麦是个来自温州城郊的穷小子。不会读书，但人勤快听话。邮筒一家来自温州市区，她父亲看到骊州商机，和她叔叔一起过来开了鞋厂。邮筒母亲家族则早在骊州城开了几家眼镜店。大麦的姐姐就是嫁给了邮筒二姨的儿子，小夫妻和婆婆一起来骊州打拼多年。跟过来的大麦，不喜欢站眼镜柜台，也不太会推荐眼镜款式。对配镜业务培训课又总是没精打采，最后，贪玩的他，就跟邮筒父亲那里做推销的朋友一起跑销售。结果，被邮筒一见钟情，脱颖而出，受到重用。销售也还跑得马马虎虎，虽然没有大灵气，但看起来尽心尽力。大麦的勤快听话也深得准岳母喜欢。本来，他们准备第二年，也就是香港回归的那年的五一结婚的，婚后用品也陆陆续续在添置。没想到，第二年春节，准岳父在温州突发恶性交通事故，当场送命。根据习俗，必须三年后才能结婚。虽然，两人核对过八字，已经请过订婚酒。也虽然，平时也都住在准岳父母家，和结婚没什么两样，但总归还没有领证。一家人计划着等着守孝完毕，一起再领证大操大办。

五月说,你带客人去潇洒,你自己不参加?

大麦说,是啊,我不喜欢人家动我。捏脚我也不太喜欢,很痒。

那你为什么又办新卡?

不然我怎么来你这儿呢。

才不信你一次都没有乱来。

嗯,打过一次飞机,就一次,害得我下身痒了很久,我吓坏了。还好医生说没事。

那,你那个凶老婆,为什么还不相信你呢?

神经病咯。

是母夜叉!太吓人了。那天她为什么那么可怕啊?

她做的记号没有了。我怎么知道记号去了哪里。

什么记号啊?

口红记号。

记在哪里啊?

大麦一把放倒五月,来,让你看看记号记在哪儿。

二十五

真武路21号一老一小的战争，以双方都没有失败而告终。但他们互相都认为对方输了。五月这边，如果不是因为大麦进入她的生活，她早就扛不住了。天台上的铁皮搭盖屋，一下雨不光是当当嗒嗒咚咚吵得耳朵痛，雨水还会从小钢丝床下流过。而国庆一过，天台上早晚就非常冷，五月在一楼储藏间偷借了一条旧浴巾垫床铺，被分管的山柳的妹妹小英骂得满头包，还罚了款。还有一次暴风雨夜，她把办办悄悄带下楼，一起躲在一楼足浴室大沙发上睡觉，又被值班服务生举报，扣了整月考勤奖金。连最护她的山柳，都皱眉厌恶。因为有了办办，她唯一的出路，就是自己租房子住。看看报纸分类小广告的租房信息，这样的老市区，东方之珠附近的黄金地段,房租都打劫一样死贵,光是想一想,五月就心疼自己的钱。那么除了回真武路别墅,她就没的选了。而且,越来越多的按摩技师或者服务生,老是问候她,咦,怎么还不回你的大别墅哇。

阿德两次梦到五月已经变成扁壳蜗牛。有一次是午睡中,他在梦中洗菜。本来只是一只粘在白菜叶子上的土豆皮色的扁壳小蜗牛,忽然那蜗牛的头就探出壳子,两个肉柱状的触须,伸出来就变成了五月的脸。阿德就吓醒了。入秋后,阿德最后一次在人民游泳池游泳,碰到了小吴医生。个子不高的小吴医生,脱去白大褂、脱去衣裤,竟然有一身漂亮骨骼肌肉。即使在这样一身好骨好肉的支撑下,小吴医生依然是怏怏的,对热情的阿德,回应了一个不咸不淡的招呼,就自顾自地来回猛游。阿德在泳池里,追着他的线路,积极反馈着五月的康复情况。小吴医生说,物理矫正,练练停停,比不练还糟。阿德又见缝插针、如获至宝地套出了很多句不乐观的评价。次日,阿德径直去了东方之珠。

他毫不利己、理直气壮地来找五月。

五月没班。一个服务生,把他从后院带到三楼天台上。

五月正要外出买狗用毛刷。惊讶之下，她并没想让阿德进屋。她说办办在里面会吵。实际上是，里面的简陋肮脏凌乱，如果让阿德看见，她感到太没有面子。

五月把阿德一路引到东方之珠旋转大门口。两人就站在大门台阶外花圃边的木棉树树荫下说话。阿德下楼的时候，一直没有开腔。他在琢磨五月为什么不让他进屋。因为阿德表情阴沉，五月就示好性地一路撒娇地嘟嘟囔囔，抱怨自己胃口差、腰痛腿麻、经常呼吸带喘。阿德冷冷地说，别人看不出来，我一眼就看得清清楚楚：你的脊骨肋骨又弯回去了。你要长成一个灯笼骨了。五月不由摸自己剃刀背的这一侧排骨。阿德说，我已经仁至义尽了。要不要继续练，在于你自己。取道于"等一等"之街，人将入"永不能"之室。

——塞万提斯。五月得意接口。

好，塞万提斯是谁？

啊！这……我忘啦

懒惰是一切罪恶之根源——谁说的？

……孔子……？

放屁。

我再问你，阿德说，有继续练字吗？

这里没有毛笔墨水啊……

各个方面，全面退步！

这一瞬间，一老一小回到了真武路21号旧好时光。

阿德无意中还说了一句，家里安装有线电视了，新彩电图像很好。

然而，阿德并没有邀请五月回去。他只是来严正转告吴医生严厉忠告的。骄傲的阿德就这么告辞了。五月看着阿德梗着傲慢的脖子走远，心里空落落的，她懊悔自己没有马上接口就回去恢复锻炼，她担心自己已经错过了回别墅的良机。一个刚下钟的技师走过来，边按摩着自己变形的指关节，边说，那就是你舅？很神气的老头啊。

嗯，他又求我回去。五月说。

那就回去呗。

忘记黄金后，黄金时代才会到来。

什么意思呀？

五月一时想不起谁说的话，但她说，这你都不懂。

第三天上午八点多，东方之珠还没有开店，阿德轻车熟路，直接从后院楼梯直奔天台简易屋。他轻轻打门的时候，五月正好在三楼VIP房间如厕。阿德推了推门，门虚掩着。阿德进去，第一件事就是看床，床上堆着花里胡哨的踏花被，他把手伸进被子里，上下一摸，还好，是热的，她是在这里睡的。阿德心里舒展了。至少，说明五月没有去外面野。这个时候，阿德才开始仔细打量屋子，在角落里，白狗办办睁着滚圆的黑眼睛，正在对他迟疑地小抖着蓬松的白尾巴。

你认出我了？阿德有点意外，办办却更加明显地摇尾巴花，阿德蹲下来摸了摸它的头。办办立刻热情回舔他的手，阿德吓得跳起来。五月正好进屋了。哈，阿背！

一大早就人不在？

天台上没有厕所啊！

那一天，五月下班就回到了真武路。

但这个回去的心路，让她屈辱又煎熬。

尽管阿德反复声明，我不是来拉你回去的。我只是来通知你，你自己赶紧去趟中医院，去登记定制一个新材料矫形支具。情况严峻。昨天，吴医生说，如果侧弯每年五度地加深，就必须手术了——你不想变成驼背温吧。已经坚持了这么多年，这个时候大松懈，那以前的辛苦，就统统是白费了！吴医生让我转告说，你至少要很认真地运动三个月，让身体去重新学习记忆新的脊柱位置，否则，脊柱很容易回到原来歪斜的位置——我尽力了，管不到你了。

五月脸色白了。阿德平静地说，你是个没有自制力的人。这种情况，吴医生说你必须赶紧用支具。支具穿起来很难受，你还必须时时刻刻有端正意识。是很难，但是，对你这一个没有意志力的人来说，也别无选择了。既然你不能坚持运动按摩矫正，我实在也是帮不了你了。好啦，今天，我把存折也给你带来了。把钱取了，以后你自己管自己吧。

五月差点哭了。她认为阿德就是来求她回家的。阿德已经连续来两次了。她以为她知道阿德肯定想她回去。没想到，阿德是来最后告别的。阿德不想再理她了。一直在努力矫正她侧弯脊柱的人，已经不想再帮她了。五月又感动又哀伤，难舍之情油然炽烈。那个家，那个吃住全免的真武路21号对她彻底关门了。而阿德为她做的，早就超出了菇窝村酗酒流鼻涕的父亲，超过了田鼠兄弟，超过了山柳，超出了山货客。这世上没有一个人，比阿德对她更好了。五月悲从中来，低头垂落了一颗小眼泪，她耷拉着脑袋说，我以后会认真吊单杠、做燕子飞，也会坚持中医按摩。

阿德的目光冷淡。手里暗红色的存折本在朝阳下晃动。

很好。只要你持之以恒，在哪里都一样。阿德说着递给五月存折本。五月不接，低垂的脑袋下眼泪暗淌。她弯腰抱起办办，低眉下眼可怜巴巴地说，你让办办也回家吧，好啵阿背？它真的非常乖。我想和办办一起回去……

阿德把存折拍在水泥护栏上，转身，看起来似乎准备下楼。五月放下办办，扑了过去，趴住了他的肩膀，一脸乱发涕泪糟糕：阿背……

好了好了，阿德甩开她的手，把存折拿起，说，先带回去吧。暂时放在院子里。我看看有没有朋友要。我跟你先说清楚，它回去，只能关在院子里。绝对——绝对不能进屋！

五月连忙点头。

两人一前一后，一老一小，慢慢下楼梯。五月用很想让阿德听到的低声，咕咕哝哝：好久好久没有吃鸡蛋蒸鱼哦……

重回真武路的第一个下午，五月刻苦异常。她吊了七十分钟单杠，练了一百个燕子飞。两人合作，一丝不苟完成了整套脊柱侧弯矫形按摩,阿德的腰不好,按摩让他一头大汗,不断拿手抚腰。但他的穴位越按越准。阿德还说,最近他想跟老郭学点养生保健针灸。老年大学在书法摄影课之外,又增加了中医保健课。五月暗暗羡慕阿德总是活得生机勃勃,当然,她也感到他辛苦付出的超人毅力。五月一如过去也热情反哺了阿德的疗伤性按摩,该有的都有,该来的也一如既往地来。蒸鱼。运动。按摩。背名言。练字。看鬼片。那个晚上,五月和阿德一起看了香港片子《恐怖鸡》。那时候,阿德特别喜欢吴倩莲。还有一部《十万火急》,阿德之前自己看过,他说明天陪五月再看一次。

阿德还是漏了一句:这二十一寸松下彩电,就是为以毒攻毒买的。

五月没有脑力琢磨这一类话,反正她乐呵呵的,觉得真武路什么都变好了。

日子全部回到正轨。唯一不好的是,办办在院子外面,很不懂事地叫了一个晚上。没想到的是,阿德在第三天,主动喂它骨头。五月趁机哀求让办办进屋过夜。阿德竟然冷淡地默许了。脑袋枕着阿德大腿的五月,看阿德心情不错,得寸进尺试探性地撒娇说,阿背,我想把户口办进骊州。

不可能。阿德说。

那我永远也不是骊州人呀。

农村户口想转进城镇,你做梦吧。骊州城是什么地方?!

阿背肯定可以办到。

办不到!我把你办进来,那你就不要嫁人了。

不嫁人我怎么生小孩呀,不生小孩我怎么坐月子呢,不坐月子我怎么换骨头啊!

所以,别说不切实际的话。

……我还是想做城里人!

你现在不就是了吗?吃城里的菜饭,呼吸城里的空气,使用高档电器;讲卫生、有礼貌,天天刷牙洗澡;鼻腔不留鼻涕了;过马路等绿灯走斑马线;业余读书、写字……

这不是城里人!五月大叫。

那你说什么是城里人,我们有什么不一样?

就是不一样!

哪里不一样?

就是不一样!

二十六

到大麦出现的那一年,五月已经二十三岁了。

在阿德身边成长的五月,晕染了阿德传授的为人处世的大小道理,包括婚恋价值观。之前,是阿德的同事老靳——就是死了妻子、阿德夜访路遇五月呼救的小巷里那户人家的男人。两家彼此住得不远,一直保持来往。阿德和老靳,经常相约在中山公园下棋,老靳提着他的黑鹧哥,阿德带着他的磁化保温杯老水仙茶。两年前的那天,老靳约下棋,忽然就跟阿德说,我家老二说喜欢五月。要不,你让你那小外甥女和我们老二往来一下?阿德说,好事啊。你儿子是公务员,大学毕业,他真看得上我们家五月?

大专了,老靳用不屑的语气,表示谦虚。老靳说,嫌街道办庙小，成天想下海创业。

年轻人有想法好啊。改革开放，就是鼓励能人发财啊。跟你老二说，我支持。

这事没有成。五月对小靳没有感觉。一个胖胖的、满脸红色青春痘的、带着一圈圈眼镜片的年轻人。阿德说他老实，没有坏心眼，夸他勇敢，是个弄潮儿。阿德又说，公务员都想不要了，下海不知能不能挣到内裤穿。阿德说，年纪轻轻的，怎么有那么枕头一样的后背，是胖呢还是驼。这么年轻，如果身材都约束不好，难成大业。你要让他先锻炼减肥。

这事就慢慢黄了。

后来，山柳一起玩的一个台湾客，积极追求五月。每次来足浴，不是送五月果篮、花篮，就是台湾丝袜什么的，让五月非常受用。但五月觉得他的门牙太长，像个兔子，而且，他有浓烈的口臭。五月不喜欢他走近，可是很喜欢吃他在外面请的好酒好饭，逢请必去，还忍不住回去跟阿德炫耀有台湾人追求。阿德说，好哇好哇，你不就是喜欢有钱的人吗。这下子，马上做脊柱侧弯手术，十万八万都没有问题了——不过，你先问，人家有没有老婆？很多台湾人，是大陆、台湾有两个家哦！

阿德明显不信任。五月呢，在口臭和钱香之间徘徊。她听说，港台商人可以投资办厂获得骊州户籍指标。不过，那台湾人说，户口？大陆户口？有什么意思？这个政策我不清楚哦。当台湾人说是来自台湾嘉义时，阿德就非常蔑视了，说，嘉义！那是台湾最穷的地方。就是台湾乡下嘛。阿德还说，白头发都有了，这个年龄段，不可能嘉义没有家。你要是正经想跟人结婚，我看你还是谨慎搞清楚为好。

还有一个帮忙送端午粽子来真武路的年轻人，他是一家洗涤公司的司机，每周两次来东方之珠接送沙发巾、毛巾、浴巾等。他只是一个暗恋者，五月多看他一眼，那小司机就会脸红的。即使这样胆小无害，也被阿德讥讽了：进门不会叫人，长辈递水杯，不知道用双手捧接！看电视也不管别人乱换频道，打喷嚏直冲茶盘……一直批评到五月说，阿背，我也很讨厌他啦，只不过，他是本地人，山柳说，嫁给本地人，就有本地户口了。

那你赶紧嫁户口本去。阿德挥手。去去去。

这期间，还有一个重要插曲：五月见到了山货客。但是，山货客显然没有认出菇窝村当年的十三岁女孩。

或者他根本没有注意到一个收银员在柜台后疑惑地看着他。他在一群酒后的喧哗男女中，伸着脖子，浮华而入，咋咋呼呼。关键是，被他笑声电击般牵引而去的五月，自己先暗自讶异，山货客？真是他吗？！是当年的红菇叔叔吗？是啊。是他啊。没想到，她心心念念的北斗星一样的存在，原来不过是城里最普通老男人。看上去，他不过是一只龟鳖类的快乐小动物。五月瞬间心如枯木，困惑的目光，一直僵硬木然地随那个熟悉的背影走上三楼 VIP 的大楼梯。

这个邂逅瞬间，是如此不真实。以致慢慢地，五月都不能说服自己，那一天遇见是不是千真万确，她真的见到过山货客。这种不真实的、突如其来的再会，让她对菇窝村的一切都蒸腾起虚幻失真的错觉。这个时候，她才回看到，七八年前的菇窝村，已经像梦境一样渺远而模糊。如果不接受北斗星的褪魅，就只能相信，那天，她看见的只是一个很像山货客的男人。

大麦的运气不错。他出现在五月与阿德关系的解冻春风期。五月心境优美，阿德格外包容宽厚。重回真武路的五月，不时给阿德带蝴蝶酥、糖炒栗子等小零嘴。山柳说的没错，男人老没老，就是看他爱不爱吃甜食。阿德越来越爱吃甜食了。五月为办办也不断添了新东西：软窝、磨牙棒、戴帽衣。两人和好后，五月又开始把钱交给阿德存银行。按理，她没有什么钱了，而且，除了吃，她一向舍不得买其他什么的，现在，不时会买，而且不是过去苏打饼干、炸油豆饼之类很便宜的东西。那个红磨坊西餐厅的精致的蝴蝶酥一出现，阿德就怀疑小家伙在恋爱了。那天，他照例招呼五月先用马桶，随后他再用，一进去就闻到马桶里浓重的咖啡味道。阿德出来叫住五月：今晚不是业务培训吗。五月说是啊。

你跟谁又去喝咖啡了？

五月目瞪口呆。

呃……那个……

阿德说，是谁？你和他不止一次喝咖啡了。

你怎么知道？

阿德不屑回答。只是冷脸盯着她。

五月就把大麦供出来了。五月说有个爱吃西餐的小业务员在追求她。五月说了很多，渐渐有恬不知耻的神态。阿德说跑销售的，心比较野啊，不是都说温州人，头发都是空心的。你能降得住人家吗？阿德又提醒了一句,你不是要找本地人?这人既然是温州人,那他自己都没有骊州户口。

五月就傻笑。五月不回答,而且想想又傻笑。阿德看着不舒服,骂道,花痴。

阿背,五月说,他怎么一点儿也没有看出来我的身体是歪的?

阿德说,难道别的男人看出来了吗?

五月含糊其辞,一会儿又笑嘻嘻地反问阿德,你看出来我还可以,对吧。歪得好看。

阿德更生气了,你看起来还好,是我一直在矫正你的歪骨头。它天天变弯,我天天扳直。如果没有我,你要不了多久,就是一个扁壳蜗牛!上次两个月不矫正,是不是又弯回去了?小吴医生是怎么说的?!

比以前弯了几度。

几度?六度!你现在已经四十七度了!

但是,别人都夸我腰——这、么、细。

腰细,是因为里面在拧麻花。拧着当然细了!

阿背!真的没什么人看出来了,我又都穿宽松衣服。

骗鬼去吧。

我还没有告诉大麦我脊柱侧弯。要不要告诉他?

做人要诚实。

如果,他害怕怎么办?

这点都怕,怎么患难与共?你当然要告诉他。这也是考验。

没想到,大麦说,第一次我就看出来你的腰背不对头。我不敢提醒你去看医生,怕你以为我嫌弃你啊。而且你身上有酱油斑,我们中学有个语文老师,她就是弯弯的瘸子,脸上有一大块你这样的斑块,夏天,整条胳膊上都是。老医生说,身上有酱油斑的,都是长歪的人。这是长歪记号。

五月惊呼,那你还跟我好!

大麦说,这有什么关系呢。歪一点儿更好看。

才不是!五月说,不是歪一点儿,是以后会越来越歪。你也不怕吗?我要生一个孩子,看看会不会好,如果像医生说的,生了孩子以后会更严重,那我就要去做手术了。不然,我会像扁壳蜗牛一样死掉。棺材板都盖不上,因为死得翘翘的,棺材里躺不平。

五月说到后面,有了施虐的快乐恶意。她表情惊悚,面目狠毒。可是,大麦还是通过了考验。大麦只是呆呆地看着她一会儿,最后说,不要让我二姐发现就行，不让我家里人知道，我觉得就可以了。

手术要很多钱。五月雪上加霜地继续宣告。大麦说，那我们就要存钱了。

五月说，很多的钱哪！我们还需要户口，你二姐有骊州户口了吗？

大麦说，为什么要户口？赚了钱我们就回老家了。姐姐姐夫都没有户口啊。

你不是说，眼镜是暴利行业吗，那么有钱，怎么还没有户口呢？

你见了我二姐，千万别这么说啊！大麦说，她脾气急。反正，我们都没有户口。有钱才好。户口算个屁。

大麦，我真的变成扁壳蜗牛，你也会和我一直在一起吗？

会呀。当然。

通过考验的大麦，就被阿德准许，同意来家见见了。五月就带他回真武路面试了。大麦本来以为别墅是多么了不起，进来一看，原来这么败落寒酸，他一下子就轻松下来，心里还滋长了一丁点蔑视。他很自然地到厨房帮厨，洗芫荽、捣蒜头，阿德咳嗽两声，他就叫五月把阿德的磁化保温杯拿进来。饭桌上，茶几边，对阿德的老故事，大麦兴致勃勃，插话也非常点睛：

——哇！比选飞行员、潜水员要求还高？

——什么？礼兵队员饿得昏倒？

当然！阿德说，当时，那个国家元首刚走过去，我旁边的队员就倒下去了。但是，坏事变好事了。上面领导非常重视，一级一级下来考察我们的伙食登记簿，又到训练场看了我们的训练强度，当他们看到我们吃的是几滴油花的青菜，看食堂墙上挂的是"每天节约二两粮食"的标语，都非常感动。最后决定，把仪仗队改为二类灶，每天每人增加半斤黄豆。那可是国家困难时期。二类灶啊！

——我也是啊！大麦会说，每次看他们正步走，我真的想哭！激动啊，那个整齐的方阵，他们一侧脸，抬手敬礼，天啊简直帅呆了！

——哎我试试，我也试试！三十秒对着灯光，不眨眼不流泪？

阿德就拿出秒表，当场测试。大麦觉得这练眼神的动作，没有那么难。结果一试再试他的失败了，最后眼睛都睁红了，泪水发亮，只好嗷嗷叫地认输。阿德不动声色地得意着，他也顺应五月和大麦的共同要求，又表演了一次,果然,三十四秒眼睛一眨不眨。阿德说,家里这灯光太弱了,真实的训练,强光还有大风!

小两口夸张地搂肩唏嘘。

大麦和阿德还打赌标准"立正"十五分钟。标准的立正,是"三挺两收一正":两脚尖分开约六十度,脚跟靠拢并齐,两腿挺直,小腹微收,两肩要平,稍向后张;两臂自然下垂,拇指贴于食指第二节,中指贴于裤缝线,头要正,颈要直,两眼目视前方。阿德示范完,大麦开始。才五分钟,大麦就坚持不下去了。七分钟不到,大麦一头虚汗,狗一样夸张地瘫垮在地,对阿德拱手认输。

大麦还讨教了标准正步走法:每步七十五厘米,脚掌离地二十五厘米,每分钟走出一百一十六步。看到大麦笨拙僵硬的动作,看他胳膊和大腿剧烈颤抖,阿德乐不可支。之后,大麦一见阿德,就换正步走,路过他的时候,绝对一抬臂、转脸,庄重敬礼。

大麦创造了真武路的精神巅峰。

初见的日子,大麦让阿德每一天都像一个意气风发、天天向上的茁壮少年。

大麦后来还问阿德,他够不够格当礼兵。阿德对他上下审视着、沉吟着,最后说,身高条件还行,但是,精、气、神,差远了。大麦拍打五月的脑袋,缓释尴尬,五月做了个新疆扭脖子动作。这些自卑自嘲的动作,都让阿德高兴。阿德继续追打:徒有其表没用。要的是礼兵骨头。首先,礼兵要有那种自豪的彬彬有礼。就是骨子里的神气与骄傲。威风凛凛很容易,彬彬有礼的样子也不难。难的是——由骨髓里面长出来的——彬彬有礼的威风。

事后,阿德对五月鄙夷评说:他那样一个槟榔芋的头脸,天生没有男人霸气。

五月大声否认。不是!五月说,你不觉得他很像一头牛?他的鼻头长长的,鼻孔像腰豆,每次见了我都想穿一根牵牛绳过去。他就像牛一样壮!

阿德不屑。但好像并不影响他对大麦的接纳。是的,大麦不只能和阿德共鸣,他的勤快整洁、他的慷慨随和,阿德都看得舒服。阿德喜欢吃咸鸭蛋,他也会自己腌制。平时早、晚餐吃稀饭,一般都会和五月分吃一个咸鸭蛋。他会把一个鸭蛋仔细切成四瓣。一人两小瓣。那天,大麦来,三人用餐,阿德慷慨地对切了两个咸鸭蛋。切得不均匀,有一瓣咸蛋,只有一点点蛋黄。

阿德注意到，大麦毫不犹豫就取用了少蛋黄的，还很可笑地伸舌，舔流在蛋壳上的蛋黄油，这说明他也爱吃蛋黄。之前，五月和阿德，总是争夺蛋黄多的。五月有时候恃宠而娇，把挖掉蛋黄后剩下的蛋白推给阿德，企图换回新蛋黄。阿德绝不迁就，而是把她推来的蛋白一并吃光。阿德说，按规矩来。但现在，她就明目张胆地把大麦的咸蛋黄挑走，再把自己的蛋白给他。大麦乐乐呵呵，拿过五月的剩蛋白就吃，阿德劈手夺过：按规矩来！

正是阿德对大麦的高接纳度，才有了允许小两口借住真武路21号的时光。

五月和大麦，在大麦二姐强烈反对的情况下，坚决结了婚。那个时候，二姐已经知道了五月畸形。她叫五月是——那个驼背驾！

二十七

大麦的二姐夜生见到五月就没有笑过。夜生也不喜欢之前的男人婆邮筒准弟媳,但是,她对邮筒会笑,而且,笑得自然酥心。订婚的酒席上,她给了邮筒一个细金手链。夜生认为,邮筒虽然有屠夫般的坏脾气,且上有哥哥,但她一定是最有魄力的家业继承者。大麦放弃这段婚姻,实际上是放弃了富有前程。为此,大麦被二姐甩了耳光。

他和五月的"蠢事",自然得不到夜生好脸。夜生洁身自好,素来就看不起那种场合里工作的女孩,她怀疑五月是小三,弟弟与邮筒的婚姻就是五月破坏在先。但后来听说五月家有别墅,夜生态度略微好转,后来再听说,真武路是五月舅舅的,人家舅舅自己家还有孩子，这样一点一滴知道多了，夜生又恢复了冷静理智。当大麦坚决要和五月结婚的时候，夜生勃然色变。夜生说，为什么她的肩胛骨突得那么奇怪?！大麦说，正常啊，女孩子害羞喜欢含胸嘛。夜生又说更多不满。大麦都一一反驳。讲理失败后，夜生突然起身怒撕大麦耳朵。大麦护耳逃窜，之后夜生宣布她和大麦断绝关系。这样，夜生和邮筒依然往来，以姐妹相称。后来，准弟媳邮筒果然不负夜生预言，成了家族中流砥柱。

阿德瞧不起夜生的势利，仗义怒邀大麦五月一起入住真武路。两人只是领了结婚证，也没有办什么酒席，主要是没多少人可请。大麦本想回温州老家办一次，但是夜生更早到老家放话，说，他敢把驼背驾带回家，我就敢回去一把火烧光酒席。吓得温州父母近邻远亲，都求大麦不要回来办酒席。

大麦悻悻。不办就不办，反正就是要和五月马上结婚住在一起。领证前一夜，阿德叫过五月，叮嘱了各方面注意事项。最后，他语重心长，声音低沉：你要像个女孩子，脸皮不能厚，要像那种单纯害羞的女孩。在他面前，千万不要显得你那方面很老练。这样很傻。没有男人会接受。你自己在东方之珠上班，本来人家就不放心。我是以男人的心理忠告你,记住了没有?千万不要太老练。脸皮薄点,傻点,该脸红要懂得脸红啊。

五月点头。但事后说明,阿德掏心掏肺的叮嘱,都是放屁。

大概住了两个月不到,阿德把小两口赶了出去。

大麦与五月的蜜月期很长,可是,三人行的蜜月期就没有那么好运气了。刚开始,大家,尤其是大麦和阿德,彼此都有令对方新鲜好奇的陌生经历,两人泡茶聊天温习旧时光,都津津有味。时间一长,彼此的人生之书每一页都翻烂听腻了,大麦也不再兴致勃勃地在屋子里学习走正步,给阿德潇洒敬礼;阿德也看透大麦简单乏味的履历中没有更多新奇。而双方更期待的、鲜活陌生的人生页码,又来不及展开,即使再展开,恐怕彼此也没有期待惊艳的兴致了,这样,互相倦怠、彼此厌烦是难免的。

大麦还是懂事的,从住进来的第一个月起,就上交伙食费,他按夫妻俩的用度缴纳。阿德客气地推托了一下,大麦不再多言,直接就把生活费塞阿德抽屉里了,平时,还会买点面包水果茶酒之类。所以,阿德赶走他们,不是因为钱,是小两口另一种不懂事,尤其是五月。五月做爱的呻吟太大声、太缭绕了。它描绘的冲击波，一声高过一声地刮擦阿德的耳膜，点撞阿德的心房。在那个节律性的淫潮荡浪中，阿德脑血管在阵阵充盈，心慌气短，那声音就像一拨一拨、越撒越大的渔网，阿德不断被捕获，乃至眩晕漂浮、身首分离。阿德这辈子第一次明白，女人是可以被男人奏响的。直到大麦出现，老五才真正成为一件乐器。以前的矫正性的按摩，只是发现年轻身体的水嫩鲜活，而现在，在阿德看不到的房间里，那乐器是从天堂飘落的，阵阵仙乐飘飘。阿德再次想起了宝红，他清晰地意识到，原来如此，原来如此。那是等待他奏响的乐器，一年又一年，那段等待他奏响的好时光，可能就那样淡漠荒芜了。干瘦、淡性的宝玲，看来不是代表所有的女人。人间的夜晚，原来并不亚于天上星光。在五月淫荡的欢声中，阿德重新思考夜色。他顾影自怜有点黯然神伤。这辈子，他养护得如此挺拔、如此精神的骄傲身躯，是不是明月空对，旌旗孤飞。一种辜负，不只是宝玲、宝红，更是他自己。但辜负了什么，阿德也不清晰，人的一生应当这样度过⋯⋯

阿德感到复杂的羞愧。但是，那一瞬间，他老泪纵横。继而他反省到：老了，我老了，我很早就老了。我的挺拔，是因为我已衰老……

大白天，心理秩序又恢复井然。阿德严肃斥责小两口。太吵了！吵得不能睡。

大麦说，哈，不是我。

五月说，哥哥害的。

那天，大麦出差回来的第一夜，小别又新婚，自然很吵。阿德看了电视，戴着耳塞，勉强入睡。没想到，半夜又被小两口的动静吵醒了。次日午饭，大麦说，咦，我带回来的临潼韭菜没炒吗？阿德说，菜太多了！大麦说，趁新鲜啊！不然老了！阿德说，本来就老。五月说，阿背以前不是最爱吃韭菜炒鸡蛋？五月还说，牡蛎呢？滋阴壮阳哦。

一对无耻花痴，依然没有发现阿德的脸色阴沉。不识时务的愚蠢五月，以为回顾名人名言，是对外人宣示真武路21号精神财富的方式，也是对保姆一样操持午餐的阿德的最大炫耀与激励。五月吟诵：

> 每天都有新日光，每人都有新希望。
> 爱使生命燃烧，使生活充实。法，歌德。

……

从厨房到餐桌,阿德一言不发。小两口互相夹菜,嘻哈不止。阿德目不斜视,沉抑地忍受五月婊子一样的轻浮浪笑。五月说,阿背,大麦作诗了,昨晚作的。大麦抬手捂五月的嘴不让说。五月偏要说:

> 宝宝的嘴唇对咪咪说
> 我饿饿饿
> 爸爸的嘴唇对咪咪说
> 你好好好……

大麦满面臊红,瞟阿德一眼便狠狠捏住五月的嘴。五月被捏成鸡嘴,但依然吁吁呼呼疯笑出声。阿德置若罔闻,目不斜视喝汤吃菜。当五月再次直伸着食指用筷子夹鱼时,阿德的筷子,手起刀落般,狠狠打在她平伸如枪管的食指上。五月尖叫一声,丢了筷子,哇地哭出声来。大麦以前看到过阿德纠正五月奇怪的拿筷子姿势,看上去那食指,每夹一口菜,都在指戳同桌人。确实很难看,但阿德从来没有动手过。这一下,打得太重了。一对筷子齐下，五月食指侧面，暴起的两根筷子痕迹，一下就紫青色了。大麦第一反应就是拉过五月的手，捧在嘴边唇抚不已。大麦心疼得哆嗦，差不多是舔含了。阿德见状，更是怒不可遏，他猛摔筷子，踢椅而去。

那之后，小两口还皮厚地继续住。四天后，阿德直接让他们滚蛋。

都搬出去吧。各自安宁。

阿德说得很具体：这个月伙食费，我退你们。租房子给你们一周时间，这一周，你们可以暂住，也不收你们伙食费。只要保持安静就好。我需要好的睡眠。一周后，你们走。

五月的食指肿痛了好几天。想想就哭。又痛又恨的她，恶狠狠地诅咒阿德快死——他死了，我们就住这儿，再也没有人烦我们了！阿德当然不会死。五月要求大麦立刻、马上找到房子，永远永远也不再回到真武路。大麦傻傻的，还说，是你太吵了，不能怪你舅舅。

五月说，屁！

赶出来找房的时间太匆促了，他们最后找了个工程厂附近的六楼旧宿舍，自然没有电梯，顶层还非常热。

价格还很贵,房东是个猪鼻子寡妇,一分价不让,押一付三,还动不动就说,不想租拉倒!多少打工仔,等着这市中心的好房子!

二十八

五月跟东方之珠的同事都说,是自己想搬出来过自由自在的小日子。她只和山柳说了真话,说自己晚上控制不住,鬼叫得太厉害,被舅舅赶出来了。山柳听了哈哈大笑。然后还送了她一床新的踏花被。这可是第一份全新的礼物,也是最后一份礼物。大概七八个月不到,山柳就被抓起来了。听说是马家哥哥出事了,好像和走私什么的有关,又听说是马家哥哥的红道关系出事了,兄弟俩已经外逃。也有人说,山柳也逃走了。反正,东方之珠就被查封了,服务员技师们好像也没有一个被抓走,各自又找了新的东家。再后来,关门了两个月的东方之珠,改名为侨什么的全国足浴连锁店。五月路过几次,看门庭、看大厅前台,都和过去完全不一样了。那个旋转大玻璃门，变成了自动对开的大玻璃门，透过玻璃，看里面满墙都是竖幅的中医名医头像，以及竹、梅、兰、菊做底的中医养生书法。

五月不敢再进去，她怕万一警察来抓她。一年后，五月路过，依然不敢进去。她觉得里面的收银员和迎宾小姐，都没有过去的东方之珠的人漂亮。那个时候，五月已经在中山路东海大商厦做了工号048的男装导购员，也就是营业员了，工资很少，顾客看起来也没有意思。在他们小小的爱巢，除了精力旺盛的温柔大麦，一切都不好。五月再也没有办法吊拉单杠，平时在床上，偶尔坚持做燕子飞，但往往做了十几、二十个，就说很累很累。又说肮脏的破床垫像口锅，没法练。大麦就说，要不然还是听吴医生的，去定制矫形支具吧。就定那个高分子材料的，两千八就两千八吧。生日那天，大麦亲手帮助五月把支具穿戴上身，算是生日礼物。说，等我做运输生意成了，挣了大钱，就马上带你去做手术，彻底解决问题。

然后呢，五月说。

然后，我们就生一对双胞胎。

不是！要先给夜生看看，谁是驼背驾！

好,你穿比基尼去我家。然后,再生双胞胎给夜生看。

矫形支具一来,五月兴奋了两天,幻想着戴上它,就可以固定出一根直直的好脊梁骨,就可以和别人一样,穿紧身衣裙,露出挺拔苗条的好身材。可是,戴了三天支具她就受不了了,说身子卡得不行,好几个地方卡得难受,一再要松一点儿。大麦说,医生交代,支具必须调紧啊,否则没效。五月就哭泣。大麦没有阿德冷酷无情的魄力与强悍执行力,五月一说难受,他就心疼。而支具,按吴医生的处方规定,一天至少要戴十四个小时。但是,五月每一天都在打折扣,基本坚持不了。早上起来脱半小时、中午吃饭又脱下半小时,晚上洗澡前又脱戴一小时。大麦不许她脱,但是,五月一哭,大麦就束手无策。所以,五月停停戴戴,那根畸形而娇气的脊梁骨,不断在正直与塌陷中随意轮回,所以,矫形支具基本失效。大麦无可奈何,最后叹着气由五月任性。大麦也由此暗下决心,一定要赶紧挣钱,他看中了一辆东风二手卡车,准备和老乡一起买下跑长途运输。但是,在他和他的合伙人,终于在各方面情况都准备好了的时候,五月突然怀孕了。怀孕了的五月,坚决不肯再住猪鼻女人的顶层小屋子。说她上六楼很累，她早晚会摔跤，一定会把孩子摔流产；而且，天气越来越热，顶层热得她没办法睡觉，她和胎儿都会中暑。大麦说，等我们运输开始赚钱了，马上就换个好房子。五月哭闹不干，说，再住猪鼻子的房子，我肯定会摔死，要不然就会先热死。还有旧的理由，嫌脏。嫌床垫塌陷如锅。阿德的洁癖带给五月最大的影响就是，她会有所考察，挑剔环境整洁与否了。新旧理由叠加，反正，再住，她肯定会先死掉。

大麦还是想哄她忍忍，说，那，我们还是先不要孩子吧？医生也说你现在怀孕并不好。

可是已经怀上了呀，五月说，再说，等到你有钱，是哪一年啊，要是十年没有钱呢？我们要等十年吗？再说，我们那天在医院，那个 S 形侧弯、胸弯八十度的女人不是说，她就是生完小孩，再做手术的？！她还是顺产，那我就更可以了！我们老家，女人都是通过生孩子换身子的。五月总结说，不然我们就这样分工吧，一个生小孩，一个去挣钱。等我生完小孩，你挣到钱，不就正好给我做手术吗？

唉，不是你想的这么简单啊。大麦说，现在我们哪有钱换房子呢,你知道的嘛,夜生根本不见我。

她就是小气鬼!

所以,孩子还是不要了。我们先赚钱。不然,这二手车买下来,我们家就没什么钱了,哪里还敢换更好的房子住。

夜生是不是你亲姐姐呀。

唉,不是生气不理了嘛。

如果你真的没有钱,我就是流产掉,你也买不起那个车。

那你为什么不让我向你阿背借呢?

他是我这辈子见过的最最最小气的人!再说,退休的人,是没什么钱。

小两口最终还是依了五月的意见办。大麦退出了合伙跑运输计划,给五月换租了更贵的、上班近的临湖一楼屋子备孕。大概新居住了不到一个月,五月流产。医生说,跟她的脊柱侧弯挤压有关。大麦气哭了。大麦不是为胎儿,是看到老乡已经独自盘下二手东风车,货物运输已经有点顺风顺水的红火意思了。后来,大麦又跟其他人做先期投资少一些的打工者快餐店。那个租金便宜的快餐店,因为地点不佳,也没什么生意;而多年之后，那个大麦退出的跑运输生意，独干的温州老乡大获成功，不仅买了骊州房子，后来还和人合股了一个大型快餐店。这是后话。那个时候，大麦满腔酸楚倒没有说什么，只有五月抱着大麦嫉恨得哇哇大哭，又怪大麦当时为什么不坚持去跑运输。不过，他们也有所得，三年后，在别人赚得盆满钵满的时候，他们又意外获得了一个聪明漂亮的男孩子，叫胜利。为了迎接胜利，五月在怀孕后几个月，基本都是跪蜷在床上睡觉的，呼吸困难，根本躺不下去。另一方面是腰疼得站不起来，屁股也奇怪地疼得不能坐，半边身子又肿又酸，侧不了身。最后，还爆发了肺部感染和孕前糖尿病。拿着医院的病危通知书，大麦第一次哭着求姐姐资助。夜生依然冷漠，说，一对蠢货！夜生还说，本来就是劣种人，就是该自然淘汰掉的，不然再生个驼背驾怎么办？大麦说，医生说脊柱侧弯不会遗传。夜生说，呸！

因为五月生孩子的九死一生、千辛万苦，大麦更是心疼母子俩，产后的五月身体变形得比较明显了，带孩子也累，根本无法再上班；而大麦并没有如期挣到脊柱正形手术费。倒是夜生，看在小胜利的分上，借了大麦两万元，让他试试开窗帘店。

而那四五年间,五月大麦和阿德也一直有来往。其实,小两口搬出一周不到,大麦就接到阿德在眼科医院打来的电话。大麦赶到医院,才知道,阿德已经住院。他什么也看不见了。医生说,因为高血压,有外因刺激,导致暂时性的突然失明。说老人眼供血不足,血管收缩。阿德有高血压,估计是老人情绪波动引发。大麦在医院守护了阿德两夜三天,交钱、检查、打饭、喝水、如厕,全部是大麦操持。阿德是个洁癖患者,医院的环境、气味,让看不见的他,感觉住在垃圾病毒堆里。所以,脾气坏得很。天下也只有大麦能够容忍他。

这样,他们三个人就和好了。但是,五月再也不愿回真武路。五月的用词十分夸张:一想到真武路,我都想吐!当然,阿德也从来没有明确邀请他们,只是含糊地说,外面住是不是很辛苦。五月想把狗狗办办带回来,大麦有点怕狗,阿德也说房东不可能同意租户养狗。而阿德显然越来越喜欢办办。大麦有一次还看到那一老一小,连着牵引绳走进中山公园大门。应该是办办陪阿德下棋去了。不过,阿德从不承认他喜欢办办。阿德反复郑重拜托大麦,一定要严厉管束五月,坚持锻炼、按摩矫正身子。阿德说,女人天性就是没有规矩的，像水一样不会自动成型。你就是要狠，才能把她们固定住。就跟做冰块、冰棒、冰淇淋原理是一样的。她们要靠男人严厉约束冷酷制定。如果你自己也像个水一样的女人，两个人都没有规矩力，那只有做手术了。

大麦说，是啊，手术如果便宜，我早带她去做了。

阿德冷冷地说，那是你们的事。

二十九

阿德雇了一个半天的钟点保姆。保姆红唇尖鼻子，两颧有很多黄褐斑，看上去像一种什么珍贵的鸟。但是，她背直胸挺手指柔软，虽然四十多岁了，却生气蓬勃。除了一直改不掉的大嗓子，其他方面都蛮懂事。整洁勤快的东家，也让钟点保姆省了很多事，保姆就觉得阿德人非常好。有一次变天，保姆看着阿德用红花油，吃力地扭身按摩受过伤的腰腿，她及时相助，为阿德按摩到了后腰等等他不利手的位置。阿德非常感激。慢慢地，在互助中，两人交换出很多一致的生活意见。阿德也不时蒸鱼蛋给她吃。

阿德居然请保姆，这是件令人诧异的事。谁也没有想到，外甥女走了，恢复独居的阿德，反而开始需要家政服务了。阿德老年大学的学友、旧同事，街坊邻居们，像老郭、老靳等，都夸阿德大方了，舍得花钱请保姆了，真是看透人生想开了。

第二次怀孕时，五月又单独去过阿德家，都没有遇见保姆。因为阿德约她的时间，都是保姆去别人家上班的那半天。办办在花草衰败的院子里捉马蜂被蜇了，脸和前爪肿得像大小馒头。阿德在沙发上，批评它活该。阿德跟五月说过，说自己身体越来越差，眼睛也不太稳定，很希望儿子能回来做个伴。但是，那个不孝的儿子，哪舍得花花世界。香港下面才是大骊州，下面是真正的大黑龙。那小子捞不够是不会回来的。

那时候，五月说，哼，还好有办办，当初你还不要！

阿德说，狗东西能给我端水，给我按摩吗？它自己还是残疾呢，走路经常要抱。

……阿背应该找个保姆。

阿德没有回应五月。

东方之珠倒闭的时候，收银员五月的小脑瓜，就很清楚地算出，自己在阿德那里存了八万零两百多块钱。这里面，包括利用田鼠哥哥结婚的时候，回到菇窝村又偷偷带回来的两万。当时，五月并不想回去，这么多年来，她只回去过一个春节。去了就再也不想去了。因为回去就要花很多钱，来回车费、亲戚礼物、喜事红包，她又是一个爱吹牛、好显摆的人，回去东西拿少了，很伤虚荣心。虽然都是便宜打折货，但是，买多了也不便宜。花那么多钱，只激发了一下下乡亲们的由衷羡慕与谢谢，好像也非常不合算。她也能看出来，他们对她也不算有善意。但是，那次，阿德命令她回去，阿德不再给她算计亏损的利息。他说的是，你再不回去把埋在破窑子里的钱挖出来，钱就可能烂成碎片了。阿德还找了埋钱烂钱、银行拒收的新闻图片给她看。阿德还说，万一窑子被人重新启用，你的钱就会烧光了。五月就急慌慌地赶回去了，也很成功地在田鼠哥哥新婚之夜的月黑风高的时刻，把两万顺利起出，混在八两的干红菇里，又安全带回骊州。直到阿德马上把它存到银行里，一老一小才松了一口气。

被赶出真武路的五月，一开始很生阿德的气，一心想把钱全部拿回来，以示彻底断绝往来。她已经问好了，现在，做个正脊手术，需要八万左右。她只是胸弯四十七八度，腰椎弯曲度数很低。所以，按脊柱单节段算，可能会再少一点儿。阿德听着五月的讨钱用途，闭着眼睛一直缓缓点头，最后他说，给你很容易，我们一起去趟银行就好了。但你想过没有，你都结婚了，有丈夫了，做手术还要用自己辛辛苦苦积攒的私房钱，这是你这么多年的全部储蓄，值得吗？其实，反正骨骼发育期也过了。手术也没有发育期的优势了。换我，我会坚持锻炼，维持到大麦赚够钱再做手术。这本来就是男人的责任。

阿德还说，存的都是定期存单，现在取出来，你要亏很多利息。

阿德给五月算了一笔提前亏损的利息账。五月就同意期满了再说。

这些钱，这些计划，你会告诉大麦吗？

你以前就交代过了，我才没那么傻！

对。阿德点头说，如果你坚持锻炼，这个私房钱就省下来了。

五月沮丧，其实我……坚持不了哇……

这是五月去讨钱的第一次。

第二次，是她去东海大厦上班后，因为对又小又热又脏的六楼出租房不满意，小两口突发梦想，想买骊州的二手房。那时候，骊州不少七八万出售的房改房，大麦存有两万因为没有回家请婚宴省下的钱。五月那一天忽然心动燥热,趁大麦出差的一天,她又去真武路找阿德拿钱。她说不要全部拿回,拿五万就好,看能不能买个小房子。

阿德问,现在他知道你有私房钱吗。五月摇头。阿德说,按理,房子是男人考虑的大事,这钱,如果你一定要取,要我说,那还不如给你自己做手术。因为,买房子,万一分手了,那你就要给大麦一半了。因为是婚后财产。

五月懂了。说,那以后再说。

紧接着第三次,大麦为了和老乡合起来买下那辆二手东风货车,要筹资四万元。他还差两万,四处筹借,也还差一万二。五月赶他去找夜生借。夜生电话里就回绝了,说他们流动资金一向紧张。夜生就是嘴坏,借不了还追了一句,就是有,我也不借!

五月咬牙切齿地去真武路告状,要取钱,说非赌这口气不可,别以为没她,我们就活不下去!我把我的钱全部取出来,让她睁开狗眼看看,吓死她!

大麦叫你来的?阿德问。

他又不知道我有钱!五月气势汹汹不可一世:我今

天就拿钱砸死他全家!

真能呢!阿德说,多少钱啊你!这点钱还砸死人!——傻瓜!

阿德说,做生意有风险,这钱砸进去了,可能就是打水漂了。依我看,还是让他自己想办法。他自己借来的钱,他才会拼命去挣。万一真的垮了,你还有钱,可以稳得住局面。

阿德总是五月的精神导师。每一次都能以柔克刚,冷静化解五月冲动。五月感到阿德是爱护自己的。前两次在真武路讨钱,阿德也有提醒她顺便在院子里拉拉单杠,做个矫形牵引,他还特意绞了块抹布,把单杠上的灰锈擦干净,请她上杠,但是,五月假说赶着有事,避过了锻炼溜走了。这一次,五月感激性地拉了三十多下,阿德的眼神在鼓舞她。之后,回到房间阿德又帮助五月做了全套矫形按摩。阿德依旧做得一丝不苟,每个穴位都非常准确,力道很好,五月觉得阿德很累,但是,阿德说,他已经越来越懂得调度全身力量,因此,你看,阿德说,我头上反而一点儿汗都没有。

五月没有像过去那样,按摩阿德,甜美性感地回报他的付出。阿德也一如既往,维持国王般的自尊心,他从来不会轻易求人。所有得到的好处，他都是以我成全你的居高临下姿态来完成回应的。连迟钝的大麦都嘀咕过，他给阿德的任何礼物，好像阿德都是说，马马虎虎，嗯还行，或者茶梗太多，围巾我不缺啊，凑合吃吃没事。阿德的字典里，也许根本就没有"太好了""我非常满意"等反响词。事实上，大麦在医院照顾他两天，这个瞎子也没有说过一句谢谢。最多就是，偏劳你了，虽然你笨手笨脚。一如阿德这一辈子，所有他人馈赠的美食请他品尝，他都是以皱眉、纠结的苦痛表情告诉你，太硬、太甜或黏牙等等，总之就是我不很喜欢，所以，我并没有占你什么便宜。

阿德骄傲的毛病，在他和五月微妙关系之际，就大大不利己了。五月顺水推舟，雀跃起身，就直接回了家。阿德的脸色，如傲慢的铸铁，他不动声色地和五月颔首示别。

就是那一次，五月从真武路院子出来，在仅容两人侧身而过的安鱼巷，遇到了回真武路21号阿德家的钟点保姆。当时，因为互相擦身而过，五月觉得那个女人的脸，真像一只什么鸟。

第四次讨拿钱，和第三次，隔了三年多。用阿德的话讲,老五你又白白得了好多利息了。那次,五月在电话里非常坚决,连哭带叫,吓到阿德了。她说她非要不可。她是讨要拿回救命钱的。那是她流产后三年又意外怀孕。而大麦真的没有钱。那些年间,五月的老板娘梦想,不断破灭。大麦的快餐店当年度就倒闭了。因为客人少,剩菜就多,剩菜多,客人就更少,怕浪费又再回锅,再回锅不安全,就导致客人腹泻。最后,第二次接到投诉后,区工商强制他们关店整改,创业失败了。之后,大麦又和朋友合开了一个洗相片的店,经营状况不良,朋友妻子开始每天偷拿营业款。创业再次失败。洗相店铺转让后,大麦又找那个跑运输发达的老乡借了笔钱,在东方之珠附近,独力盘了一个印制名片加复印的店,每月扣除各种费用,基本没有赚什么钱。这个时候,五月突然发现自己怀孕近三个月了。孩子已经无法流产。大麦乱了手脚。

阿德破口大骂:猪!猪脑子!一对猪!

夜生一样地骂:一对蠢货!

五月整个孕期,前三个月,似乎没有什么感觉,经期不准,五月糊里糊涂本来也不太记得住。三个月后,身子突然追偿性地反应剧烈,这才查明"鬼子已经悄悄进村"。五月跟大麦哭诉说,我所有的内脏,都被这小鬼挤变形啦!都怪你都怪你都怪你,为什么没有钱让我先手术!五月开始还有力气撒泼打滚武力撒娇;后来,整个人像根腌黄瓜,蔫蔫的也没有力气闹了。但却躺不下去,跪坐的五月,有时要大麦整夜抚摸她疼痛的腰,按摩不到位,五月就哭,就咬大麦。大麦整夜整夜地按摩抚摸,大麦也快被逼疯了。

总之,胜利的来到,几乎要了五月的小命。

她是在肾炎、肺部感染并发期,在住院病房给阿德打电话的。阿德一听情况严重,立刻赶到医院。他是戴着白口罩来的。五月几乎脱形,六七个月的肚子,奇怪地鼓着,整个人像一根长不好的畸形地瓜。阿德看着很厌恶。就像他憎恶医院满是病毒的空气。五月说,你再不拿钱,我就没命了。阿德说,好,我知道了。阿德出去找值班医生,核实了一下情况。之后,他回到病房,说,我明天就给你带来。是取一半还是全部?

五月要全部。阿德比划了八的手势,摇头说,最好一小半。

五月说,就要全部!

阿德说,好。

阿德说，这么多，你放在医院病房，你觉得安全吗。

你别管！

阿德就走了。十分钟不到，阿德又进病房，说，我一路在想，很替你担心。阿德用耳语的声音，俯身跟五月说：这么多钱，你跟大麦怎么解释呢，你一个小小收银员，小营业员。这是一般人十几二十年的工资。你一年就算白吃白喝我的，也最多存个三四千。十年也不过三四万。你自己想想，他会怎么看你？！

五月傻了。

阿德看着窗外。长吁了一声，准备离去。

那……五月惊疑茫然地看着阿德，阿背……

阿德说，你慢慢想吧，我明天先带过来。

阿背！五月大叫。往外走的阿德又转回来。

五月说，你先帮我想个理由哇……

阿德做了嘘的手势。他沉吟着。

这样吧，阿德低语，就说，向我借的。我有海外关系。他会信。不过最好呢，你先借一半。

五月马上点头。她高兴得差点拉倒吊瓶架子。阿德连忙按住她。五月也低语：先这个好不好？五月张开五指。阿德说，也好。你最好写个借条，包括利息。要像真的一样。

五月说，对啊，阿背那么节省，不收利息，大麦肯定不信。

——你们在背后说我什么?！阿德脸色一变。

第四次讨钱，终于拿回来了一大半。借贷事宜诸方面都考虑得很周全，每月利息一百。大麦完全相信，格外感激阿德雪中送炭。他发誓赌咒，阿德的大恩大德，永世难忘。他说，他的生意有一点儿起色，无论如何会先还阿德的救命钱。

阿德摆摆手，说，借条不过是个手续，不必当真。你们有能力就还，没有能力就算我送你们的。

那一刻，大麦差一点儿跪下去磕头。阿德一把拉起。

此后，大麦每一两个月，都会感激地去还阿德利息，顺便带点绿岛西餐厅的蝴蝶酥等什么阿德最爱吃的茶点。

三十

小胜利出生艰难。整个产房，都响彻五月的鬼哭狼嚎，几个本来不想哭的产妇，也被带动得此起彼伏地哭嚎起来。有一个产妇，在高声骂墙。医生护士对五月就很不客气：既然没有本事生，就有本事不做！疼痛得理性崩溃的五月回骂：我做他祖宗十八代！

这个粗鲁的畸形小产妇，自然得到自找的不妙的生产环境。最终，不争气的畸形身子，痛了两天，还是去了剖腹产手术台。也就是，两份生产罪，她都享受到了。这样，她对胜利，积累了更多的新旧怨愤。小胜利出生后，五月的身体似乎有了个弹性的良好回缩。她一度坚信菇窝村人的说法，女人通过生小孩，重新换身体。而更加不可思议的是，小胜利一出生，夜生忽然给了大麦一笔资金,让大麦扩大窗帘生意。夜生依然不给五月好脸色,但是,她对小胜利一见钟情。等到胜利会走路的时候,几乎是对夜生亦步亦趋,宁可跟夜生睡觉,都可以不要五月。夜生对小家伙,有求必应,视若掌上明珠。窗帘店一直没有亏,小胜利半岁的时候,窗帘店忽然大旺,连续接到几个宾馆、旅馆的大订单。这样,生意场上九死一生、奄奄一息的大麦,也认定小胜利是自己的贵人,对儿子更是宝贝,疼入骨髓,恨不得随时随地含护在嘴里。

五月没有那么喜欢胜利,觉得胜利是个讨债鬼。他差点要了我的命啊。五月总是这么指责。胜利好像天生明白,亲妈不待见自己,他和夜生亲,他投靠父亲,说的第一句第二句话就是,不不(姑姑)爸爸爸。

五月张口闭口呵斥讨债鬼:讨债鬼又拉屎啦!讨债鬼昨晚一夜不睡啊!小鬼是催命鬼啊!五月怀孕到后期,巨大的肚子、沉重的羊水,使她腰椎出现了脱位,导致双腿麻木无法行走,险些瘫痪。当时小吴医生也第一次对阿德老郭恶声恶气,说,我什么时候说这样的病人可以怀孕?!超过四十五度,根本不建议怀孕,她要冒险那至少要问问医生嘛!

即使这样,没有死掉、瘫掉的五月,还是创造了奇迹,走了狗运的小女人,粗鲁英勇地生下了大麦的小贵人,给一家带来前所未有的甜蜜与幸福。很多个早晨,大麦像老鹰一样把自己覆盖在女人与孩子身上,久久深吸着母子气息,什么话也不说,就是一直张臂拢护着,兀自闭着眼深深呼吸,沉湎不起。五月有时烦了,踢他;胜利有时烦了,啊啊大叫。大麦不动:不去了,不管了,我什么都不要了,什么都不想了,就这样天天时时刻刻闻着你们的味道,我什么都不要了。

滚啦!

小鬼要吃奶啦!

快滚快滚!

小鬼要大便啦!

大麦时光永驻的迷梦时刻,就会这样那样地被五月摧毁。他就乖乖起身,外出挣大钱去。挣到的钱,他马上还给夜生,姐弟之间的感情,达到了前未有过的好。五月醋意十足地骂道:人就是势利,你越没有钱,她越不帮助你,你越有钱,她越爱显示大方。真讨厌!

大麦随后去阿德家报告很快能够执行的还钱计划。阿德不耐烦听,一口拒绝了,说,你赶紧给五月做手术去。之后,夜生又说有个楼盘很好,买了可以送户口指标。五月最喜欢入户骊州,听说这样,立刻拍板要先买房再做脊柱手术。大麦说,我们首付后,每个月的按揭会比较辛苦的,也许没有那么快积攒下手术费。你就是保守小气!五月说,我生死关都过了,你窗帘生意又这么稳定,迟两年做也没有关系。大麦说,我们底子太薄,不能和夜生家比,实在要买,我们只能买小套的。五月说,小套就小套!有户口就行。大麦说,小套的只有一个户口指标,夜生家三房两厅的,才有三个户口。五月说,那,我们先进一个。以后,买大套的房子,再进两个就是了。

五月认为,她应该先获得骊州户口,因为她比大麦更懂得城里。过马路,是她要求大麦注意红绿灯;聚会吃饭,是她告诉大麦不要嘴里有东西就讲话(虽然她自己也有时忘记);她能背诵引用的名人名言,大麦根本不知道是谁说的;她懂得辨认魏碑,知道柳体、颜体和欧体书法;她看《新闻联播》;没有买过一本书的大麦,也从来不知道,新华书店有一种印墨的味道;她不怎么吃肥肉了。一句话,她比大麦更加配得上骊州。她更像城里人。她哪一点不像骊州人呢?菇窝村的人,早都说她是个城里人的"鬼样子"了。退一万步说，就算没有什么理由，大麦那么爱她，当然会让她先入户骊州。没有想到，大麦听了夜生的话，把自己的户口先迁移进来了。他说，你是农转非，要交一大笔城市增容费。我不要。我们是夫妻关系，几年以后，政策就会让你和胜利，自动转成骊州人。

五月大闹，差点摔死小胜利。大麦一把护住。大麦死死抱着小胜利。五月拼命捶打大麦，说知人知面不知心。胜利替爸爸嚎啕大哭。沉默的大麦，差一点儿就说，那我们去改你的名字上户口吧。但是，他没有松口，实在也是五月的疯狂，让他不舒服。愤怒的五月，完全是一只畸形的野兽。她摔了手边所有的东西，最后，摔鞋子。每一只鞋子，都打在大麦身上。小胜利为每一只砸到爸爸身上的鞋子，尖叫抗议。五月说，夜生是个阴谋家。是她这辈子见过的最恶最坏的女人。

因为户口，这个人间甜美的和谐小家，第一次黑恶极了。夜生是这么劝弟弟的：房子你是户主，你转过来了，过三年，你们夫妻关系自然要让他们母子再入户，驼背驾是个农村户口，他们母子增容费起码三万，三年后，城市增容费可能会降；如果你现在就转她，她毕竟是外人，万一有什么情况，那你的户口指标不是白浪费了？而且，房子更理所当然要被她搞去一半。搞不好你自己还没有份了！夜生又说，其他方面，我一向都是随便说说，最终还是你自己定。但是，这次！你必须听我的！就算是感恩，饮水思源也该听我的。户口指标，当然绝对是你户主先用！她算什么？这房子，每一分钱，都是你的血汗钱！你要是敢转驼背驾，我就没你这个弟弟。我要再理你，天打五雷劈！

三十一

调和办办和保姆关系——阿德叫她小张——成了阿德的生活重点。小张不爱学习,不读书,也不像五月对阿德有城市文化的崇敬感。阿德也没有想要调教四十多岁的老女人。事实上,小张的勤劳干净,在骊州保姆群中,非常罕见。她泼辣的脾气,被她的欢乐爱笑的个性所掩饰;她的精明固执,被她的乖巧懂事镶上了花边。所以,阿德觉得她是贴心舒适的身边人。如此而已,他绝对不会让她替自己买菜,更不会让她管家。即使在他又一次因眼疾住院后,小张日夜照顾他,他都没有交出管家权。

阿德那次住院出院之后,小张彻底住在了真武路。每天上午小张还是外出做别家的钟点保姆,下午回来,打扫照顾真武路的家，吃了晚饭，就渐渐不回去了。再后来，就退出了和老乡合租的房子。住在真武路的小张，经常和阿德抢家务做，而且，很快学会了蛋蒸鱼等菜。她身手灵活，从来不像五月粗糙潦草、时不时地打破杯子打破碗。对于食物容器的预估，她的精准度超过了自负的阿德。有一次两人打赌，用中号碗还是用小号碗盛高压锅里的剩海带排骨汤。结果，阿德的小号碗盛不下，输了。小张估的中号碗，正正好。小张来自嗜辣如命的省份，但是，阿德不吃一点儿辣，她就忍住不吃辣椒。后来，阿德为她买了几根黄皮椒，她就把辣椒内部的辣筋全部抽割出来，泡在酱油里单独生吃，仍然尊重和维护阿德的口味。阿德不由被触动。那个时候的真武路21号，是它历史上最整洁干净的时期。让阿德隐隐惆怅的是，这个小张好像没有任何地方需要养护按摩。就是一个平常的、运行良好的身体。阿德几次聊到这个话题，小张低头转身看来看去，最后自查出来说，右脚小趾头有点脚气，春天会发痒；以前腰酸，后来，老公死了以后，哭得很厉害，又和想赖掉赔偿费的碎石场工头打了起来。好像打完那个生死架之后，腰就再也不酸了。哭过，打过，身体反而就好了。

小张说，她明白阿德腰痛腰酸的难受感觉。但是，阿德并不理解她的身体。这一具老去的、健康平淡正常的身体，让阿德怀才不遇、无所适从。他失去了创造力和想象力。尽管小张乳房肥腻、腰肢茁壮的身体，有自己的虎虎生气，可是，干枣般的长乳头，总让他想起宝玲垂头丧气的乳房。小张的身体，就像一个乏善可陈又路牌正确的路口，无法把阿德指向那条开满蓝色牵牛花的青春小道，而是通往无所事事的尘土飞扬。它没有、永远也不会让阿德再度泪湿眼眶；也许它也是一件端正无缺的乐器，但是，阿德无论身心，都不是它的匹配乐手。连调琴师都不是。不是。阿德有理想，也有同样分量的自知之明，对于这样一个身体有过婚姻历练的女人，阿德毫无自信，也趣味寡淡。

所以，关于这一节，两人并不刻意自省。生活毕竟是多方面的应对。小张依然是阿德贴心周到的生活伴侣。

但是这个基本什么都不错的保姆，却非常讨厌办办。办办也非常讨厌她。她俩一对视，眼睛里互相都闪出天敌的恶意。有时办办会龇牙对峙她的鹰眼。有一个冬天，她想把办办卖给安鱼巷口的那一家肉贩子，说冬天很多人喜欢吃点狗肉进补。那一次，勃然大怒的阿德吓到了小张。小张悻悻，说，不就是一条残废狗吗，你不好弄我帮你弄掉啊！

阿德说，这是孩子的狗。你离它远一点儿！

小张还在分辩嘀咕。阿德说，我再说一次，这不是你们农村养着吃的土狗，它是老五留给我的陪伴。你不喜欢它，就离远一点儿！

五月和阿德，恐怕都无法想象五月在阿德的心目中是如此分量。只有办办知道，每一次小张欺负它，它都狗仗人势地回骂着，边往阿德身边蹿。后期的阿德，不仅允许办办蜷睡在客厅沙发上，也允许它跳上他膝盖，求抱抱了。有些时候，阿德看着办办蜷在沙发上一团的样子，尤其是它藏于胸前折弯的爪子，会想起五月的胎儿睡姿。

保姆本来就是城里人心目中无足轻重的角色。五月从隐约知道阿德雇了保姆，到后来确定阿德有了钟点保姆，都没有往心里去。当然，她也根本没有想象力，觉得阿德那样一个高傲的人，会让一个保姆住在自己家。总之，五月大大低估了小张。决定买房时，五月和大麦一起，一同到真武路，还带着两岁不到的胜利。一家三口过去,还带了脑白金什么的礼物。就是那次,大麦告诉阿德,窗帘生意好起来了,本来想还掉五万,但是,他们想买一个带户口指标的小房子,和他姐姐住一个小区,今后可以互相照顾。所以,可以不可以暂时慢一点儿还钱?

大麦说得很羞愧,阿德接过六百元的半年利息,说,慢慢来。没事。我不等钱用。

小张给他们端上了洗净的苹果,苹果都去皮切块,过了盐水。端出来白净、脆甜微咸。从来不吃苹果的胜利,一口连一口地要吃。小张连夸小胜利,说,根本就是电视里面出来的小娃娃呀。

再后来,是五月单独去的。因为落户指标事件爆发,五月气得要摔死小胜利,离家出走。她也没有出走多远,就是气愤难当地冲到了真武路21号。没有电话,没有预告。直接掏旧钥匙,开门如疯狗直入屋子。办办兴奋大叫。幸亏小张反应快,手脚麻利,没有让五月看到她和阿德界限不清的保健按摩。本来,五月就是这个暧昧保健里过来的人,应该特别敏锐,但是一腔怒意,堵滞得她像一个大粪球,什么都视而不见。她怒气冲冲地急需泄愤。连扑上来亲热的办办,都被她一脚踢开。

她像女主人一样,挥手让小张出去,随后麻利地为阿德捶腰。外面也是两季交错的变天。阿德看她脸色吓人,一时也不便命令她像过去一样执行:"外出归来,必须先洗手。"

那一次,五月恶狠狠的请求是:你、马、上、要、大、麦、还、钱!

阿德说,不是购房按揭负担重?

他有!马上让他还!

阿德不语。

五月说,他的窗帘店生意很旺!他还想买车!

阿德还是不语。

五月推阿德肩头。

阿德说,他为人老实,不是有钱不还的人。

既然不让我入户,我为什么要护他?是我的钱!我的!

阿德沉默犀利的眼神,示意停在窗边仔细擦灰的小张出去。小张讪讪离去。

阿德还是摇头,说,我拿什么理由去讨?

我回去就说,你病了,需要钱!

五月回去的时候,不仅有了阿德生病需要钱的理由,阿德还告诉他,他香港儿子做生意失败,急需一笔钱,不然就要抓去坐牢。阿德这个理由非常真实有力,因为,卫革确实有向他要过钱,也确实是这么说的,说他和人一起做内地生意,被人骗了,需要钱还债。当时,阿德回卫革很干脆:我一个退休老人,哪里来的钱?!

大麦相信这个理由。大麦很快筹钱,把五万元还给了阿德。这一战,很漂亮。五月非常得意满足。阿德也守信用,把借条还给了五月。这之后,五月很长之间没有想到借条的事。有一天,大麦问起,五月已经完全模糊,她不知道借条丢在哪里了。但是,她坚定地告诉大麦,撕了!钱都还他了,要欠条干什么?大麦说,是啊。就是问问。

转身避过大麦,五月就打阿德电话,那天,你给我的借条,好像放茶几上了,我没有拿回来。

这都多久了?!阿德说,我找找。你不会这么粗心吧?

那去哪里了,我到处找不到。

阿德说,大麦收起来了?

他还问我呢!他没拿。

你乱放乱塞掉路上了?

我不记得我有把它放进钱包。

也许你随手撕了,丢废纸篓了?

那也是丢你家啊。

那小张早就扔了。如果这样倒没事了。

真的没事?

只要在我家,什么事都没有。我不是一直在保护你的钱?

要是找到了,你要告诉我。

不用交代。你倒是好好想想,到底有没有丢在路上。都当母亲了,还是这样糊里糊涂!

反正,阿背,找到了,你马上告诉我啊。

啰唆。

三十二

经历完户口入籍事件的考验后,大麦和五月还是慢慢和好了。她自己也在大麦的陪同下,亲自到公安户籍窗口询问过,作为配偶,她三年后的确是可以入籍的,只是,来自农村户口,和大麦的红印户口不一样,她只能入籍蓝印户口。城市增容费也会比城镇户多缴五千块,但总归是骊州人了。大麦夜生,看来是没有骗她。入户骊州一事,基本安稳下来后,他们的小日子又渐渐稳定在幸福的小轨道,仓廪实、心境好,简单装修后入住的新房里,时不时仙乐飘飘。小胜利通过姑姑夜生的关系,花大钱混进了当时最好的大地幼儿园。大麦窗帘生意虽然有起伏,利润不稳,但是,整个小店经营总体稳定向上,大麦的人品,积累着口碑和回头客,生意人脉在意想不到地积攒延伸。在夜生要求他进入骊州新建的装修城"香港世界"租店面大干一场时，他考虑还是先给五月做手术。这一次，姐弟冲突得不厉害。夜生有所节制，是囿于大麦的事业有了点分量，囿于胜利深得夜生欢心，当然，到"香港世界"装修城里租店面，虽然高档气派，但运营成本非常高。夜生虽然有必胜的魄力和信心，但是，她知道她弟弟，还是一个注重安稳日子的小男人德行。毕竟，窗帘店不是她自己的眼镜连锁店投资。

阿德中风住院的事，五月是他出院后才知道的。如果不是路遇老郭，五月依然过着不被打扰的、憧憬好未来的日子。每一个日夜，她有空都处在"赚大钱做手术，然后扬眉吐气当城里人"的遐想向往中。因为有梦想，因为有胜利，她甚至不再畏惧夜生，也敢当面大声表示反对意见了。这样的准城里人的好日子，让她基本忘记了阿德。阿德已经成为过去式。就像进入港湾的船舶，渐渐淡忘了灯塔和灯塔的光芒。

赶到真武路，一看到阿德，五月失声哭叫。一下子，她明白阿德为什么不给她打电话了，因为，阿德太丑了。从中风中死里逃生的阿德，整个人都垮掉了。就像被人抽掉了他擎天一柱的脊梁骨，他天鹅一样美丽有力的颈部，歪在肩颈窝里。从来脸部干净整洁的阿德，现在，满脸衰败杂乱的花白胡须，眼窝和两颊，骷髅一样阴影深重。一边的耳道口，一块黄豆大的耳屎，似乎头一歪，就可以掉出来，但好像被旁边豆渣状的耳屎丝封住了。他向五月伸出的双手，干枯颤抖布满肮脏的鸡皮疙瘩和豆渣状老人斑。他完全就像一根丢在墙角的肮脏拖把。

——怎么变成这样啊！！阿背！

五月的眼泪、五月的惊呼，都让小张不快。小张说，你坐。

小张说，要是没有我，他早就死翘翘了。不信你去问医生。还就不告诉我你的电话，他就是累死我心安，累死你们舍不得！——差点就半瘫了，半个死人了，你知不知道？！

变成这样！小张学舌五月的口气：变成这样！——你要是看到发病时，你就知道，变成这样已经要恭喜他了！不信你去问问医生！不是我送医院快，他现在至少就是死了一半身子了！

五月光是哭。她对巨大的反差，完全没有理解力。

她觉得真武路天都塌了。她看出来,阿德的眼眶里泪水闪动。但是,阿德毕竟是阿德。他含糊地说,坐,坐……小张,给老五倒杯水。

厨房里小张没有回应。阿德耳朵里那触手可除的大团耳屎,让五月不舒服,但她也不想帮掏。这当然是保姆的事。五月尽力不看阿德,阿德声音喑哑地又喊:

你给老五一杯水!

五月说,不渴。办办呢,怎么没有看到?

阿德说,我住院前还在。

跑啦!小张突然在厨房大声回答:它跑了。

五月一下子站起来,冲往各个房间,又冲到院子里、院门口张望,嘴里大喊办办,姐姐回来啦。我回来啦办办!五月忽然恨起夜生了,都是她,都怪她,怀孕不让办办回去,五月忍了;生孩子不让办办回去,五月也忍了;孩子小,她反对办办回去;小孩终于入园了,五月想接办办回去,夜生说,五十平方的小窝,人狗不分的,小胜利不是更要咳嗽了?胜利确实爱咳嗽、老感冒,五月想想又忍了。现在,办办居然不见了!

五月正在院子里难过,忽然听到屋里小张的咆哮声。一进去就听到小张墩碗、摔杯的动静,一碗线面汤，一半洒在桌边，一半溅在被头上。这要在过去，洁癖的阿德非发疯不可。阿德垂头丧气地闭着眼睛，说，太咸嘛，我只是要你不要放盐……

放个屁！真是屁话！小张说，今天我一点儿盐都没有放！你尝尝！让你外甥女尝尝！

五月傻了。

小张指着阿德，出院了，我以为轻松了，没想到，变得这么难伺候。正常煮，他说咸！盐减掉一半，他还说咸！我的盐比味精还少，他还说咸咸咸！今天，我干脆一点儿盐都不放，老东西他还说咸！

这保姆……这么凶？……五月不想尝那个面汤。她嫌脏。但是，她已经觉得小张非常可恶、非常恐怖。

办办呢？五月说。

你是来看病人的，还是来看那个死狗的？！有你这么没有良心的外甥女吗？这么多年，你吃老的，喝老的，住老的，白吃白喝这么多年，结婚了还要回来蹭，直到被人赶走。现在，老东西中风住院了，你们没有一个来照顾他，也没有看你们带来一分钱尽孝！来了就关心你的鬼狗——你的良心给狗吃了？！

五月被小张骂得头昏脑涨，心中五味杂陈，不知道该怎么回嘴。附近的小学,因为运动会,传来《运动员进行曲》的广播声。五月再笨、再迟钝,也看出这个保姆已经是真武路的女主人。否则哪个真保姆敢这样张牙舞爪、嚣张放肆地横扫一切。五月憋了半天,尖叫一声——你滚!

小张说,我早就想滚了!你把我的工钱给结了!这么多年,十万八万没有,三五万总有!你结!马上结!拿了钱我就走!一分钟也不留!

五月张口结舌。小张指着阿德的鼻子骂:这老东西小气得简直不像人!每天都防我像防贼一样!只有我这么傻,看他可怜,一直帮他。什么老干部,什么海外关系,什么鬼别墅!都是骗人的!都是狗屁!小张一把抓住五月胳膊,来!钱!把钱给我,我马上走!我受够了!

五月一把推开小张,但是,反而被强壮的小张反手拧住胳膊。五月气急败坏,低头猛咬小张手腕,要不是隔着衣服,绝对当场见血。小张在嚎叫中,顺手抄起桌上半碗面汤,直接砸向五月的脸。阿德挣扎起身,踢了五月一脚,让她躲过面汤浇头,但是,在五月看起来,完全是一对狗男女合伙围殴她。阿德嗓子嘶哑地喊——听起来声音肮脏令人生厌——滚,老五!你滚!

三十三

五月一路哭着回家。临近门，她找不到自己的钥匙，应该是丢在阿德家了。五月咬牙切齿，太阳穴再度蹦蹦跳，她恶狠狠地对自己说，不去！再去真武路我就死！她用她的摩托罗拉手机打了大麦电话，大麦一听五月在哭，忙说，他在报社办一个遗失声明，一会儿就直接回家。

大麦和胜利一起回来，胜利和妈妈久别重逢，急于发表幼儿园的一日见闻，五月把他连续拨开，兀自扎在大麦怀里呜呜痛哭。小胜利也加入安抚性拥抱母亲。大麦说，不然晚饭后，我们一起去看舅舅吧。五月说，不！我永远、永远不进那个门了！

大麦不解：一个保姆有什么好气的。

五月还是哭。突然还冒了一句：她说话，口水都喷在人家脸上，他怎么不管她?！大麦听得莫名其妙，不知道指哪个他她，也不想问。他抱着胜利，默默看着五月洗完脸又哭，哭完又骂骂咧咧照镜子，照着镜子，又哭。泪水像个小泉眼，汨汨流淌没完没了，眼睛红肿如烂桃。如此循环反复，让小胜利彻底失去好奇心。小胜利打开了收录机听里面的儿歌，他和着儿歌大声哼唱，并企图吸引妈妈的注意……泥娃娃，泥娃娃，一个泥娃娃，也有那眉毛，也有那眼睛，眼睛不会眨……但是，五月过来，一掌打下，起跳了播放键。歌声停了。胜利半张着小嘴看妈妈，就在他扁嘴要哭之时，大麦一把抱起了儿子。五月扑倒床上，又放声大哭。

　　在长久的哭嚎中，在大麦的安抚中，五月依然没有厘清自己的情感根源。深长的哀伤、失落，混杂着牵挂、怜惜、懊悔，还有莫名的嫉妒与愤怒，她整理不了这些乱七八糟的情感，但她把这一切都简单归纳为对小张的恨。一艘漂泊的小船，也许确实没有理解灯塔、理解岸、理解港湾的能力，它只是随波逐光而行，只是，它大致知道顺流，知道拥有，知道失去，知道碰撞的痛楚。

那天，五月非常倔强。结果，是大麦饭后独自去了真武路。大麦顺便带了不少新出的冬笋过去。阿德看着笋，一脸哀伤：老五知道，我是嗜笋如命的人啊，现在，我的牙，掉的掉，烂的烂，再也吃不动了。对笋来说，我已经死了。死了。

大麦特意观察了狗的动静，看来，如五月所诉，办办的确是丢了。

这个事情就这么过去了。五月真的不再去真武路。只剩大麦偶尔过去看看老人。小张接待大麦伶牙俐齿，动辄发表不良情绪，揭批阿德诸种劣迹。但看起来已经是操持真武路的顶梁柱、女主人。夏天的一天下午，五月接到阿德的电话，他的嗓子生涩喑哑，显然是牙齿的缺失导致他发音败落喑哑，听起来就像是个弱智。阿德说的是：生日快乐。

五月厌恶地诘问：办办呢?！

阿德挂了电话。

大约是第二年的春末，在五月即将过生日的一个月前，几个陌生人凶悍打门，一起拥进了五月的家。四五十平的小蜗居，一下子被涌进来的三四个黑衣男人遮得光线都暗沉了。就是那个时候，出入真武路十几年的五月，第一次见到阿德的儿子卫革。如果他不说他是阿德的儿子，五月根本不会相信。他和一辈子英挺的阿德，完全是两路人。尽管他的花衬衫、细腿裤，他的穿着打扮，的确不像骊州人，即使痞子气匪气，也和骊州小混混不太一样。他身上散发着令人不安的陌生元素，傲慢与刻薄还有自以为是的洞察眼风。卫革拿出了一张字条，五月老远一看，就明白了，没错，正是她丢失的借条。

五月一下子就扑了上去，要夺回借条。卫革左右的男人，同时出手，一把将五月推到茶几边，大麦赶过去阻挡护持五月，被另一个男人一脚踹倒。

想赖账？卫革大怒，欠债还钱，天经地义。这是我老爸的钱！

胡说！胡说！偷了我的借条！五月开始跺脚尖叫，还是想夺回借条，披头散发的她，被两个黑衣人牢牢控制在茶几边。

你们搞错了。大麦说，我们早就和阿背两清了。

借条还在我家，你和谁两清？！

卫革不仅要讨回五万元，而且还要追偿这么多年的利息。五月拼命跺脚，开始野兽一样尖叫，她光是尖叫。这种刮玻璃一样的尖叫，连大麦都快承受不住了。

一个黑衣人不耐烦地扬手给了五月一个大耳光，大麦想站起来，但是，黑衣人只是瞪了他一眼，他就改劝五月：我们慢慢说话，别这样着急哈。

五月被那一重击，打得头脑发晕，耳朵嗡嗡直响。她觉得自己快要听不见了，五月恐惧地紧紧护着两只耳朵，好像是防备耳朵再挨打。但是，胸中的熊熊怒火，已经烧得她嘴唇发黑，呼吸急促，她整个人憋得发紫，她的嘴唇青红一直在抖动，看上去，她就像一根腐烂欲爆的大茄子。

大麦显然有点害怕，但是，他还是很客气地解释说，一定弄错了。我们还钱了，欠条当场也撕掉了。

卫革一把拧住大麦：想赖账是不是？！想欺负老人是不是？这字迹是不是你的，是不是是不是？！

大麦小声说，真的我们还了……

一个黑衣人劈手就给大麦一个耳光，又猛力踹了他一脚。一个男人把刀猛地扎在餐桌上，大麦心里一哆嗦，那个带蕾丝垂边的餐桌布，被匕首尖扎透了。大麦垂下眼睛，靠稳墙壁站着。

卫革弹弹借条，说，不给是不是？好，去你们法院见！

——假的!五月终于大吼出声:假借条!去问阿德!去问你老爸!这是我的钱!统统都是我的钱!我在他那儿还有八万零两百!统统都是我的!这是假借条!是骗我老公的!都是我的钱啊——

极度的愤怒,让五月声嘶力竭,全屋里的人似乎都脑子短路了,就像被雷劈了。一屋子人蜡像馆似的呆立着,卫革反应最快,吼了一句:丢你雷姆!我们家只认借条!让法院去看真假去!走!

直到这个时候,五月才知道自己祸从口出,但已经铸成大错。她回头看大麦。

大麦眼睛空洞地看着卫革一拨人狠狠地踢门而去。五月眼睛看着大麦,她边看着大麦边去关门,她想关断大麦视线。但大麦的眼神,穿越了关闭的大门。那个空洞漠然的眼神,让五月害怕。五月泪如泉涌,大麦的眼风似乎滑向她又转开了。大麦好像想出门了,五月扑通一声跪了下去,紧紧抱住大麦的腿。五月放声大哭。但是,大麦似乎再也不被女人的眼泪打动。

就像当年五月向阿德坦白菇窝村的酒心巧克力时光,现在,五月也必须从金鱼形状的酒心巧克力讲起,她磕磕绊绊,尽量避重就轻,无问自答地讲诉了菇窝村、山货客、真武路的所有篇章。尽管她是个谎言高手，但是，此情此境，她已经失去了启用任何谎言的基本要件。是她自己堵死了调度一切谎言庇护的机会。她再也没有能力制造一个圆润可信的说法，以起死回生地挽救自己，挽救大麦，挽救这个被真相伤害的甜蜜之家。

大麦一言不发，枯树桩一样站立着，听凭脚下的五月哭诉。等他听齐事件要害后，他把自己的脚一只只慢慢抽出。五月抬头，像等待判决的囚徒，眼巴巴地仰望着大麦。大麦什么也没有说，他退到门边，转身，他拉门出去了。他一句话都没有说，五月冲过去拉开门，她看到大麦看着手表下楼。五月忽然清醒而惊恐，她不敢再大声追击，因为，夜生就住在隔壁楼梯。五月认为，大麦可能去幼儿园接胜利了。现在，她只祈祷，无论怎样，这事千万千万不要被夜生发现。如果夜生知道，那么，她觉得她一切都完了。

那个晚上，大麦没有回来。小胜利也没有回来。五月自我安慰，大麦接了胜利去了夜生家。她不敢去夜生家，也没有勇气打夜生电话。实际上下意识里，她觉得大麦还是会宠护着她，大麦气头过去了就会回到她身边。

但是，五月错了。她估低了形势。她太乐观了。

当天晚上，她更急切的是打真武路阿德电话，她希望阿德出来说话，她也做好了和那个鸟保姆作战的准备，但是，一直没有人接电话。第二天、第三天，她不断打过去，都无人接听。五月猜想阿德是不是又住院了，深夜再打了一个过去，有人接电话了。是广东口音的奇怪普通话，没错，肯定是卫革。五月慌忙挂掉了电话。

阿德去了哪里？

大麦的电话也打不通了。第四天上午，五月去窗帘店找他，店里的伙计裁缝们都说，没有看到老板，有事都是老板姐姐过来处理。五月又去大地幼儿园找胜利，老师说，胜利病了，已经好几天没有来上幼儿园了。问是谁接走的，老师说，就是经常来接他的姑姑。

五月谁也见不到了。

后来的几天，她都处于不吃不睡不饿的状态。

她在越来越绝望地等着听到，大麦回家的脚步声。

三十四

《骊州晚报》的热线,总是夜班热线员容易接到荒谬绝伦的电话,白班的热线员,很少听到匪夷所思的来电内容,一般都是正常人可以理解的喜怒哀乐、批评与建议。但晚上,似乎有一种魔力,鼓噪着异常的人心思驿动。尤其是深夜,除了车祸火灾什么的紧急突发事件外,令人费解的天外来电就多了起来。

电话一接通,对方就开始说话。不像一些老练谨慎的社会人,会确认热线电话正确与否,甚至确认热线员工号。对方直截了当地说,明天这个时候,你们的记者去妇幼医院的住院部楼下,那里,会有一个人要遗体捐赠。她要把心给一个好的骊州人。把肝给一个好的骊州人。把肾也给一个好的骊州人。还有眼睛什么的——

眼睛一定要很年轻的骊州人，这样捐赠的人才可以一直看骊州变化，看到很多人很多事。就这样，没有了。蔡女士。

热线员只在电脑上记录了几个字，就停下来了。他想笑，但疲惫得懒得笑，只是职业精神使然他回应着，嗯嗯好的。就像几天前的深夜，有个男人打来电话，说是来忏悔的。他说，今天，印度航空公司一架波音737客机在印度西南部卡纳塔克邦的门格洛尔机场降落时突然坠毁，一百五十八人遇难，你知不知道？热线员说，嗯，早上的新闻。对方说，我要告诉你，都是因为我引起的。为什么呢？热线员说。因为，我早上摔了一跤。我一摔跤，这个世界上就要出大事。十天前，记得吗，五月十二号，我好好的，突然摔了一跤，结果，利比亚非洲航空公司一架空客A330客机在利比亚首都的黎波里机场坠毁，造成一百零三人遇难，仅一名儿童生还——这个新闻你知道吗？热线员说，嗯。知道。

你知道就好。我真的坐不住了。一个月两个航班坠毁，就因为我摔了两跤！对方叹息着，说，我这样跟你说吧，很小我就知道，只要我摔了、碰了，这个世界就一定不安宁，例子多如牛毛，简直比蝴蝶效应还厉害。

所以，你知道我为什么年纪轻轻就拄拐杖？因为我热爱世界和平。我已经非常非常小心翼翼了，可是，你们以为的灾难还是会发生。没有办法，我是整个地球的罪恶之根。我非常内疚，我必须忏悔。我知道你在怎么想，我也考虑自杀，事实上，我经常思考：活着，还是死去？但是，这不是我一个人的生死小事，我必须谨慎。我到现在都还吃不准，万一我自杀了，会不会引发世界大战？世界末日？现在是二〇一〇年五月二十二日。你能记住这个重大的历史时刻吗？有一个身系人类和平的超地球人，忧心忡忡，心情沉重得难以入睡——你记住了吗？这是一个历史时刻。

热线员说，记住了。

最后的一点儿睡意都被摧毁的热线员，强忍笑意，庄严记录在热线电脑里。他甚至敬业地询问：还有吗？来电一声叹息：如果真的世界大战爆发，你就知道我已经辞世了。我就不再打电话通知你了——珍重！

热线员说，你也珍重。

五月是一个物产丰富的季节，在不冷不热的时光里，人们轻便地相爱相恨，精神抖擞。热线员看尽了春末夏初的斑斓奇异，自然并不在意深夜的捐赠遗体来电。多少人、多少事，本来就荒唐不经，即便有着沉重出世，要不了几天，在他人眼里，转瞬不也就轻若鸿毛？旧闻从来一钱不值。热线员彻底忽略了这个遗体捐赠电话。

而来电者，电话那边的人，兀自热泪长流。这个叫五月的人，孤独地站在深夜的家中。她把收录机打开，按键，里面是小胜利爱听的儿歌《泥娃娃》：泥娃娃，泥娃娃，一个泥娃娃，它是个假娃娃，不是个真娃娃，它没有亲爱的妈妈也没有爸爸，泥娃娃，泥娃娃，一个泥娃娃，我做它妈妈，我做它爸爸，永远爱着它……

五月耳朵里都是儿子的歌声。她站在衣柜门上的穿衣镜前，泪流满面，全身赤裸。怀孕生子，加剧了这个脊柱侧弯身体的变形，肩膀的高低差，什么衣服都掩饰不了了：一边的背部起码高过另一边七八公分，任何宽松衣服也难以遮盖剃刀背了。连小胜利都发现了异常，他惊奇于自己的发现，站在五月的后面，他兴致勃勃地反复抚摸对比，五月很烦，经常让他滚开。但只要大麦在，他就会告诉小家伙，妈妈是为你变形成这样的哦。马上，妈妈就要去手术了。手术完的妈妈，会和爸爸一样高哦。胜利就会跳起来，为这个远景欢呼：这么高这么高这么高！比爸爸还高！

五月是通过老郭，终于在龙山老人院找到了阿德。

五月看到坐在肮脏轮椅里的阿德，一下子嚎啕大哭。她没有想到，阿德已经完全脱相了，就像一个八九十岁的糟老头子，整个头脸、脖颈，鸡皮稀松，皱纹密布、那些老年斑，羊屎一样到处都是，凸起如豆酱，好像拿起镰刀可以刮下一碗。曾经挺拔的身子、天鹅般的脖颈、骄傲的城里人气质，统统不见影踪。现在的阿德，一脸龌龊委琐，稀疏凌乱的胡须上，还沾着饼干碎屑；原来威烈严厉的自负眼神，变得痴呆胆怯与迟钝。

五月一哭，阿德顿时泪水长流：带我回去吧！老五，我要回自己的家。

五月说，你混蛋儿子已经把别墅出租了，工人正在装修"香港九龙咖啡厅"。

我要回家呀，老五，你带我回去。我不能待在这里，我会死在这里的。

我先问你，那个五万借条，你为什么藏起来?！为什么不还我！

阿德一眼茫然，但是，五月看出他是假装的。五月开始愤怒。

为什么不跟你那个黑社会的儿子说实话?!

阿德还是茫然不语,这一次,他的眼光躲向了远方。

我在你那儿还有八万多,你怎么不对你儿子说,那是我的钱啊!

他哪里会相信我……

他告我了!五月喊:这是法院传票!你的混蛋儿子去告我!他竟敢告我——我的钱啊!

阿德垂下脑袋。五月不允许他装傻,猛力摇晃他:阿背!那是我的血汗钱!你要说真话!你去法院作证!是你要还我八万零二百!!

带我回家吧……让我和你一起住。很快,我就可以恢复走正步的。我的身体很好……

阿德的话,让五月想起了过去的好时光,她射钉枪一样,铿锵造作地射向阿德:

诚、实、重、于、珍、宝!——这些狗屁名言你是怎么教我的?——骗子!你是怎么教我的!她猛力摇晃老人。

老五,带我回家吧……

你先去法院作证!

法院不会相信我的,借条在他手上……

那是假借条你知道!

……我想跟你回家,这里,我一天都待不下去了……你先答应我!

阿德嚎啕大哭,干枯的双手,无力地捶胸,现在,还有什么用?都是白纸黑字啊……你抢不回来了。

那你为什么早不还我?!

一开始……我是有点不急,我知道我会还的;我病了以后呢,所有的钱,都是小张控制着。卫革打了她,抄了她的箱子……借条,唉,求你……带我回家吧,老五,我要和你一起住,大麦人好,不会不同意的……钱是身外之物,生不带来……

这下子,轮到五月悲从中来,她的尖利哭叫,野狼一样地跳脚踢墙,吸引了养老院所有的老人,老人们看得很兴奋,有人假装焦虑操心。工作人员急忙赶过来。他们请五月走,阿德一把抓住五月的挎包,死死抱在怀里:我要回家……老五,带我回你家……

五月站在夜风劲吹的妇幼医院住院部天台上,第一次感到骊州真的像一条巨大的黑龙。十几年的挣扎努力,并没有摸到一颗龙珠,所有的努力,看起来只一张到法院的欠条证明着,她甚至还不是骊州人。天台上有几块忘记收下的白色被单,它们在夜风中翻飞。阿德说过,骊州的风和别的地方不一样,其他地方的风,都有尖头,而骊州的风,都是圆头的。五月指着自己的乳房:风!马上,她一吐舌头,以为阿德要骂她粗鄙。但是,阿德假装没有听到,五月偷看他嘴角隐约有似笑非笑的纹路。不过,吃饭的时候,阿德还是找她算账了:女孩子,不要说话动不动就是奶呀屁股呀。东方之珠不是好地方。近墨者黑。

不怕,五月接口:近朱者赤。真武路是好地方呀。

大麦在哪里呢,小胜利在哪里呢?夜生知道我死了,我是为了救大麦和小胜利死掉的,她会不会良心发现,明白我很好,她会害怕地请我在天上原谅她不懂事吧。阿德的混蛋儿子,咖啡馆还开得成吗,既然是香港黑社会,怎么还要抢老爸的钱?大麦会想我的,看到我的尸体,他会大哭吧。他很爱哭。后悔死了吧大麦,你敢不理我。这就是严重后果!不理我!我从龙背上跳下去,我要准准地跳到藏在黑龙胡须里的宝珠上。

五月想象着自己壮烈哀恸的死亡场景,边想又边哭了好几遍。

天台上空无一人。怀小胜利的孕期反复住院的时光，让五月对这里非常熟悉。静谧无人的天台上，白色的床单在暗淡的星光下翻飞，五月突然脱光了自己的衣服，跳起了吉特巴。她一向没有舞蹈天赋，尽管她一度非常热衷交谊舞。在歌厅、在吃饭后的大堂麦克风前，有人唱歌，有人邀舞，她就上。如果我变成扁壳蜗牛，我就再也不能跳交谊舞了。菇窝村事件对阿德的坦白之夜，跳的就是新学的吉特巴，那个节奏，多么棒：

……把我们的悲哀送走吧，送到大街上……

……把我们的悲哀送走吧，送到小巷口……

……把我们的悲哀送走吧，送到小河流……

赤裸的五月抓着翻飞的白床单，在空旷的天台上、在云层黯淡的星光下大跳吉特巴。五月被人发现的时候，还是穿了衣服的。变形的身体，在时尚衣服的掩护下，再一次欺骗了围观的目击者，他们都感叹它太年轻了。但她现在，就是想裸体狂跳吉特巴。对于身体，她有着比别人更特别的感受。

月色惨淡的天台上，哭完、唱完、跳完的五月，心脑空荡荡的麻木，还有些微的、预支的复仇感的自得，涟漪一样细细出现。一想到自己肝脑涂地的情状，她就好像打败了所有人：大麦会后悔的，夜生会害怕的，阿德老混蛋会哭的，香港小流氓傻眼了，法院不好意思地知道了，的确是发生了冤案……

五月爬上天台护栏，并站在了水泥护栏上。这就是骊龙背脊啦，她突然想。水泥护栏面和她的鞋长差不多宽。风再大一点儿，她就会栽倒。五月恨恨地迎风而笑，一如三十五年前第一次看到人世。法院在黑色的夜空开庭了，被告站在黑龙背上，黑发如火天：那是我的钱！我证明给你看！给你们所有的混蛋看！这每一分钱，都是我的血汗钱！五万加三万零二百，都是我的！——骗子！混蛋！看看老天会不会相信你们！……她志得意满地舒展双臂，想象自己站在黑龙脊梁上跳舞：是他们——他们逼死了一个好人——她向天上挥挥手，向天上的法庭握起一个胜利的拳头，一转头，她扎向了骊龙胡须深处。身子倾斜的时候，她忽然感到背部刺痒，想反手抓挠一下，但是，空中，她的身体已经随风而行。她挠痒的手，失败了。但就是这一瞬间，她忽然觉得，她不是扁壳蜗牛，她是正在变圆的龙珠嘛，这珠子就要掉进黑龙龙须深处了。很可惜，坠落的时间，短得没有给予她关于自己身体的更多想象。

坠落地面的声音,爆炸物一样巨响。医院保安很快就发现了五月。五月当时还有气息。一个保安说,他看到自杀者睁开眼睛,在手电光的照射下,清晰地对他笑了一下。保安对记者及实习生陈述这一细节的时候,发誓所言不虚,他说,他感到可怕极了。所有这些细节,社会新闻记者实习生的稿子到值班编辑手里时,全部删除了。

五月的跳楼,成为《骊州晚报》社会新闻版的一个小豆腐干大小的简讯,蹲大号便秘的人,都未必关注到。本来医院方面请求报社不要报道,因为医院上天台的门锁坏了一直没有及时更换,是一个安全疏漏。他们不想承担引发的社会舆论压力,愿意做四分之一版的新诊疗技术的广告,而报社那边是建议做一个整版广告,但医院只能做四分之一版,所以,五月之死才有机会在公众视野里露了一小下。遗憾的是,接过她自杀前夜打来的遗体捐赠电话的报社热线员,一辈子也没有想起来,那一个"蔡女士"的郑重电话和次日晚报刊登的、边栏末条的小社会新闻有什么关联。此外,五月因为习惯性地考虑问题不周,她想捐赠的器官,基本都摔坏了。也许心脏、眼角膜还行。但是,即使这样,她寄望的骊州好人们,还是用不上。要知道,一个捐赠行为确实有效地发生并实施成功,还需要城市一系列程序启动运作。说到底,五月还是不了解城市。她爱城市,她骂城市,她迷恋城市,她恨城市,但归根结蒂,即使有阿德指引,即使她不是一个糊涂的人,她也似乎依然不怎么懂城市。

当然,没有变成一只扁壳蜗牛,菇窝村的美丽女孩,还是取得了比较重大的赢面。至少,她摔下去的脊梁骨,看起来没有那么弯曲。整个年轻美好的尸骨,隐藏了侧弯的脊柱,也蕴含过城市骊珠的梦想与荣光。要不是血迹有点扎眼,它其实已经有了成色很不错的城市包浆,令围观路人一时哀愁感伤。

图书在版编目（CIP）数据

五月与阿德／须一瓜著 .－－北京：新星出版社，
2023.8
ISBN978-7-5133-5192-8

Ⅰ.①五…Ⅱ.①须…Ⅲ.①长篇小说－中国－当代
Ⅳ.① I247.5

中国国家版本馆 CIP 数据核字 (2023) 第 053712 号

五月与阿德

须一瓜 著

责任编辑	汪　欣
特约编辑	李　颖　王心谨　朱文曦
封面设计	李照祥
内文制作	张　典　田小波
责任印制	李珊珊　万　坤

出　　版	新星出版社　www.newstarpress.com
出 版 人	马汝军
社　　址	北京市西城区车公庄大街丙 3 号楼　邮编100044
	电话 (010)88310888　传真 (010)65270449
发　　行	新经典发行有限公司
	电话 (010)68423599　邮箱editor@readinglife.com
法律顾问	北京市岳成律师事务所

印　　刷	山东韵杰文化科技有限公司
开　　本	787mm×1092mm　1/32
印　　张	8.5
字　　数	131千字
版　　次	2023年8月第一版　2023年8月第一次印刷
书　　号	ISBN978-7-5133-5192-8
定　　价	49.00元

版权专有，侵权必究；如有质量问题，请与发行公司联系调换。